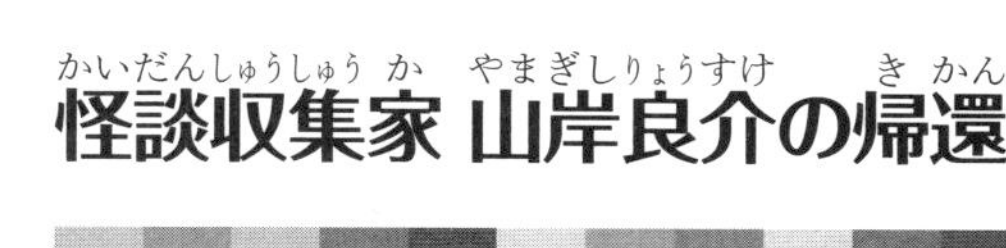

怪談収集家(かいだんしゅうしゅうか) 山岸良介(やまぎしりょうすけ)の帰還(きかん)

作　緑川聖司
絵　竹岡美穂

ポプラ ポケット文庫

もくじ

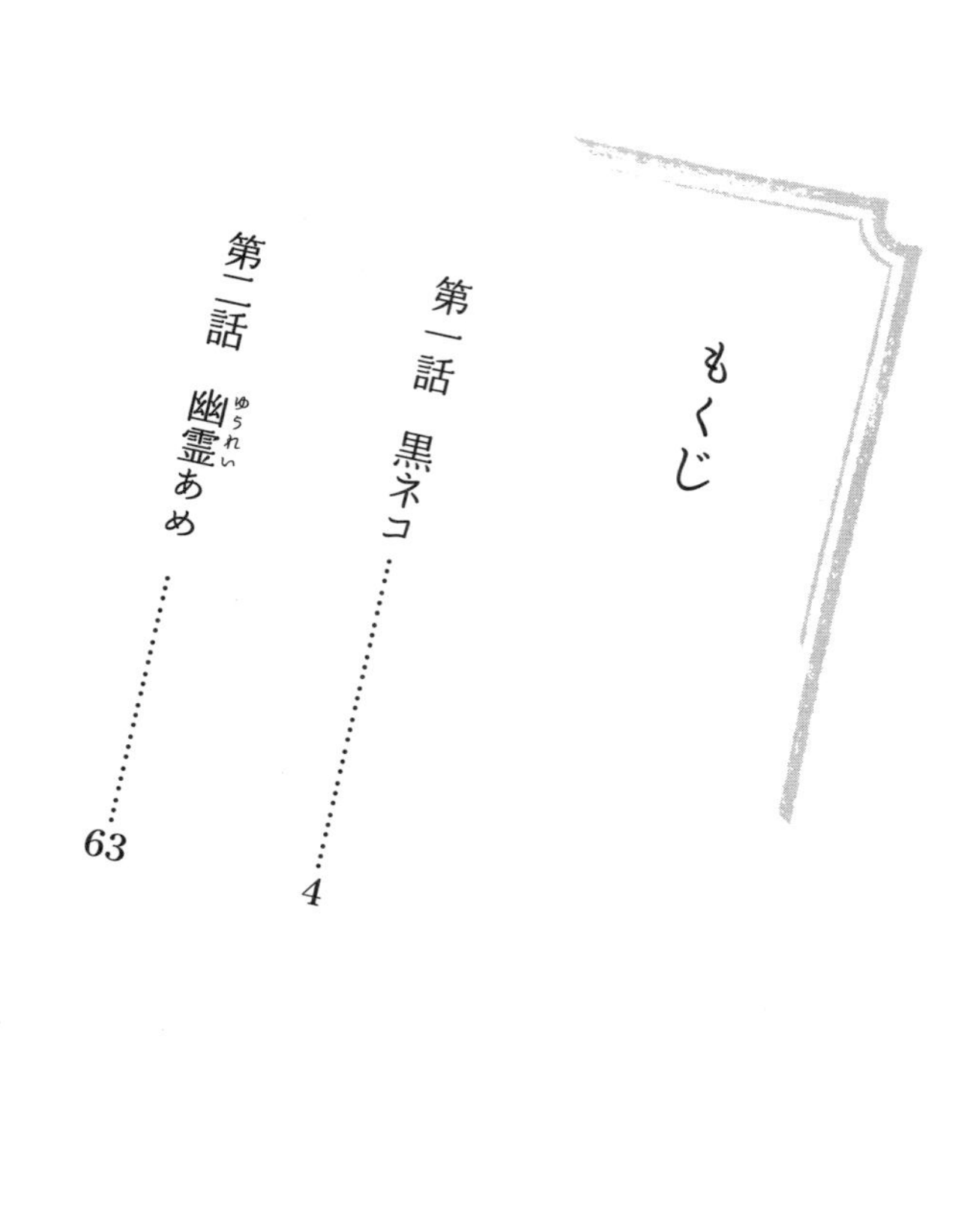

Poplar
Pocket
Library

第一話　黒ネコ

まだお昼をすぎたばかりだというのに、空はどんどん暗くなり、遠くの方からはかみなりまできこえだした。

（まいったなあ……）

ぼくはおいたてられるように足を早めた。

母さんにたのまれたおつかいの帰り道。

スーパーまでまよわずいけたことに気をよくして、帰りはちょっと探検してみようと思ったのが、まちがいのもとだった。

おかげで、行きは十分もかからなかった道のりを、もう二十分以上も歩いているのに、いっこうに見おぼえのある風景にたどりつかない。

「まいったなあ……」

四つ辻に建てられた、小さなほこらのそばで足をとめると、こんどは口にだしてつぶやいた。

夏休みのまっ最中に、父さんの転勤でこの町にひっこしてきて、今日でまだ三日目。

ポケットに新しい住所を書いたメモは入ってるけど、住所を見てもそれがどこなのかがわからない。

じつは、ぼくがこの町に住むのは、これで二度目だった。

生まれてすぐにひっこしてきたんだけど、ぼくが小学校にあがる前に、父さんの仕事の都合ででていったらしい。

だから、五年前までは住んでいたはずなんだけど、正直なところ、そのころの記憶がまったくのこっていなかった。

それに、同じ町とはいっても、そのころ住んでいたアパートと、今回ひっこしてきた一軒家は、けっこうはなれているらしいので、当時幼稚園児だったぼくにとっては、知らない町も同然だった。

ぼくは小さく息をついて汗をぬぐうと、食パンと牛乳の入ったエコバッグをもちなおして、ふたたび歩きだした。

天気のせいか、いきかう人のすがたも、あまり多くない。

それに、五年生にもなって、通りがかりの人に「まいごになりました」というのもはずかしい。

もうしばらく、自力でさがしてみることにして、ポストのある角をまがったところで、ぼくは足をとめた。

目の前に、とつぜんふみきりが現れたのだ。

車がようやくすれちがえるくらいの小さなふみきりで、線路のむこう側には、民家と商店が混在した町なみが見える。

思いかえしてみても、家をでてからここまでの間に、線路をわたったおぼえはない。

ということは、このふみきりのむこうに家はないはずだ。

ぼくがふみきりに背をむけて歩きだそうとしたとき、どこからか、すすり泣くような声がきこえてきた。

CAUTION
踏切注意

不思議に思ってあたりを見まわすと、線路ぞいの草むらの中、線路と道路をへだてている白い柵のむこうで、黒くて大きなものがゴソゴソとうごいているのが見えた。

よく見ると、それは黒いランドセルだった。ランドセルをせおった男の子が、しゃがみこんでなにかをさがしているのだ。

そのとき、カンカンカン……と警報の音がなって、遮断機がおりはじめた。しかし、男の子は気づいていないのか、さがしものをやめようとしない。

線路の中に入りこんでるわけじゃないけど、ちょっとあぶないな、と思っていると、その子がとつぜん立ちあがって、くるりとこちらをふりむいた。

背の高い草にかこまれて、全身は見えないけど、たぶん一年生か二年生ぐらいだろう。

ガーッ、と大きな音をたてて、男の子のすぐうしろを電車が通りすぎていく。

遮断機があがると、ぼくは男の子に近づいて声をかけた。

「そんなところで、なにしてるの？　あぶないよ」

すると、男の子はうつむいて、泣き声でいった。

「見つからないの……」

「なにか落としたの？」

ぼくは遮断機と柵の間にあるすきまから、草むらに足をふみいれた。

「よかったら、いっしょにさがしてあげようか？」

「ほんと？」

男の子はうれしそうな声で、ぱっと顔をあげた。

その顔を見て、ぼくはこおりついた。

男の子の頭はぱっくりとわれ、ながれる血が顔とからだを赤くそめている。しかも、男の子には右手がなくて、手首から赤い血がポタポタとながれ落ちていたのだ。

ぼくは悲鳴をあげようとしたけど、のどの奥がカラカラにかわいて、声がでない。

「いっしょにさがしてくれる？　ぼくの右手」

男の子はそういうと、のこされた左手で、ぼくの手首をつかんだ。

ぼくは反射的ににげようとしたけど、足がガクガクとふるえて、いうことをきいてくれない。男の子の白くて細い手は、とても力が強くて、いくらひっぱってもびくともしなかった。

「ずっと探してるけど、見つからないんだ。どこにあるのかな……」

男の子はすねたように口をとがらせたかと思うと、にこりと笑って、線路のむこう側を指さした。

「もしかしたら、あっちかも」

そのとき、またカンカンカンと警報がなって、遮断機がゆっくりとおりはじめた。

ゆるやかなカーブのむこうから、銀色の電車が近づいてくる。

ぼくは線路からはなれようとしたけど、男の子はぼくの手をにぎったまま、線路をわたりだした。

遠くに小さく見えていた電車が、あっというまに大きくなって、足のうらに振動がつたわってくる。

ぼくはなんとかにげだそうとしたけど、男の子は信じられないような力で、ぼくを線路の中にずるずるとひきずりこんだ。

「だれか……」

ぼくは助けをもとめてあたりを見まわした。だけど、どういうわけか、ふみきりのどちら側にも、人や車のすがたはなかった。

電車がどんどんせまってきて、運転手の顔まではっきりと見えそうになったとき、

「フギャ――ッ！」

電車の音に負けないくらい、はげしいネコのなき声がきこえてきた。

男の子がひるんだ様子を見せて、手の力が一瞬ゆるむ。そのすきに、ぼくは必死で彼の手をふりほどいて、草むらに頭からとびこんだ。

風をまきあげながら、電車がすぐそばを通過していく。

顔をあげると、電車が去ったあとの線路に男の子が立っていて、ざんねんそうな顔で、すーっと消えていった。

ぼうぜんとしていると、つやつやした毛なみのまっ黒なネコが、ぼくの足もとで「にゃあ」とないて、そのままどこかへすがたを消した。

遮断機があがって、さっきまでひとりもいなかったはずの通行人がいっせいに現れ、なにごともなかったようにふみきりをわたっていく。

なにが起こったのかわからないまま、ぼくは、はうようにして草むらからぬけだした。

そして、いつのまにかほうりだしていたエコバッグをひろいあげたとき、

「だいじょうぶ？」

「うわっ！」

とつぜんうしろから声をかけられて、ぼくはとびあがった。

おそるおそるふりかえると、髪をふたつにむすんだ女の子が、大きな目で心配そうにぼくの顔をのぞきこんでいた。

「ごめん。気分悪そうだったから……でも、こんなところにいると、あぶないよ」

「あ、うん」

ふみきりの近くだからあぶないよ、という意味だと思っていると、

「ここ、〈右田くんのふみきり〉だから」

女の子はそういって、ぼくの顔をまじまじと見つめた。

「右田くんのふみきりって？」

「知らないの？」

女の子の目が、いっそう大きくなる。

「ぼく、三日前にひっこしてきたばっかりだから……あ、でも、幼稚園のときにも住んでたことがあるんだけど……」

ぼくがなんだかしどろもどろになっていると、女の子は「ん？」と目を細めて、それからとつぜんぼくの顔を指さした。

「もしかして、浩介くん？」

「え？」

ぼくはおどろいた。たしかにぼくの名前は、高浜浩介だ。

「ぼくのこと、知ってるの？」

すると、女の子は、

「おぼえてない？　わたし、絵里だよ。園

田絵里」

そういって、こんどは自分の顔を指さした。

「園田……絵里さん？」

遠い記憶の中から、幼稚園の制服すがたの女の子が、かすかにうかびあがってくる。

「園田さん？　幼稚園でいっしょだった――」

「そう。思いだしてくれた？」

園田さんは、ぼくの手をにぎってとびはねた。

「どうしたの？　またこっちにひっこしてきたの？」

「あ、うん。三日前に……」

「学校は？　多々良小学校？」

ぼくがうなずくと、

「それじゃあ、またいっしょに通えるね」

園田さんはそういって、ぼくの両手をぶんぶんとふった。

とまどいながらも、ぼくはちょっとうれしかった。

ひっこしが夏休み中だったこともあって、この町にきてから、まだひとりも友だちがいなかったのだ。

それに、まだはっきりとは思いだせていないけど、彼女の反応を見ると、どうやら幼稚園のころは仲がよかったみたいだ。

「だったら、右田くんのふみきりを知らなくてもしょうがないね」

園田さんは腕をくんで、うんうんと納得したようにうなずいた。

「あの事故は、浩介くんがひっこしていったあとだったから……」

「あの事故？」

ぼくはふみきりに目をやった。車が一旦停止をして、ゆっくりと線路をこえていく。さっきの男の子のすがたは、もうどこにもなかった。

園田さんは、しんみりとした口調で話しだした。

「あれは、わたしたちが二年生のときのことだったの……」

『右田くんのふみきり』

多々良小学校の一年生に、右田くんという男の子がいました。

右田くんは、運動も勉強もまあまあできるし、友だちも多かったのですが、ひとつだけこまったことがありました。

忘れ物がとても多かったのです。

それも、たまになにか忘れるというレベルではなく、小学校に入ってから、毎日のように忘れ物をしていました。

ノート、ふでばこ、上ぐつ、名札……

毎朝、お母さんといっしょにかくにんしているはずなのに、どうしても、なにかひとつは忘れていってしまいます。

お母さんはなやんだすえに、忘れ物ノートをつけることにしました。

毎日、家に帰ってきたら、その日忘れた物をノートにつけていくのです。

さらにお母さんは、右田くんにやる気をださせるため、ごほうびをあげることにしました。

一週間、忘れ物なしがつづいたらケーキを、そして一か月つづいたら、新しいサッカーボールを買ってあげる約束をしたのです。

一週間後、目標を達成した右田くんは、大好きなロールケーキを買ってもらいました。

「この調子でがんばってね」

お母さんはいいました。

ところが、あと少しで一か月というある日の朝。

右田くんを送りだして、お母さんが洗濯物をほしていると、電話がかかってきました。

右田くんが、電車にはねられたというのです。

その日、いつもと同じ時間に家をでた右田くんは、学校にいくとちゅうで体操帽を忘れたことに気づきました。

そこで、いっしょにいた友だちに、

「先にいってて」

というと、おりていた遮断機を無理やりくぐって、事故にあったのです。

電車にはねられた右田くんのからだはバラバラになり、警察や鉄道会社の人たちが一生懸命にさがしましたが、右手だけがどうしても見つかりませんでした。

そして、右田くんのお葬式から数日後。

右田くんの部屋をかたづけていたお母さんは、つくえの上に置かれた忘れ物ノートに気づきました。

こんなノートをつくったばっかりに……。

はげしく後悔しながらも、「忘れ物なし！」と書かれた右田くんの字をなつかしむようにノートをめくっていたお母さんは、最後のページをひらいて、顔がまっ青になりました。

そこには、まっ赤な血でこう書かれていたのです。

〈忘れ物　ぼくの右手〉

「――それいらい、多々良小の子がこのふみきりを通ろうとすると、右田くんがあらわれて、自分の右手をいっしょにさがそうってさそってくるんだって」

ぼくはぞっとして、さっきの草むらをふりかえった。そんなぼくを見て、

「だいじょうぶ。右田くんは、子どもがひとりきりのときしかあらわれないから」

園田さんはそういって笑った。

「それで、どこにひっこしてきたの？　前とおんなじアパート？」

「それが、じつは……」

ぼくは、道にまよってこまっていたことをうちあけて、住所のメモを見せた。

「あ、これならわかると思う。わたしの家も、こっちの方向だし」

園田さんはそういうと、先に立って歩きだした。

「そういえば、浩介くんって幼稚園のとき、たまに幽霊とか見たりしてなかった？」

住宅街を、肩をならべて歩きながら、園田さんがいった。

「え？　そう？」

ぼくはおどろいてききかえした。全然おぼえてない。

「うん。だから、わたし、浩介くんには霊感があるんだと思ってたんだけど……」

園田さんが、期待をこめた目でぼくを見つめてくる。

そんなのないよ――といいかけて、ぼくは口をつぐんだ。

さっきの、頭のわれた右田くんのすがたを思いだしたのだ。

あれは、どう見ても生きている人間のすがたではなかった。

ということは、ぼくにはほんとうに霊感があるのだろうか……。

だけど、さっき園田さんは「多々良小の子がひとりで通りかかったら現れる」といっていた。つまり、ぼくのほかにも右田くんの幽霊を見たという子がいるわけだ。

だったら、右田くんの霊がとくべつ強力なだけかもしれないし……。

ぼくが考えこんでしまったのを見て、園田さんはなにをかんちがいしたのか、にっこり笑って、ぼくの肩をぽんとたたいた。

「だいじょうぶ。こういうのって、気持ち悪がる子もいるから、みんなにはないしょにしておくね」

「あ、うん。ありがと」

ぼくはあいまいにうなずいた。

それから園田さんは、学校のことをいろいろと教えてくれた。

多々良小は、一学年が三クラスか四クラスで、ぼくや園田さんの五年生は三クラス。この町の子どもは私立にいかないかぎり、多々良小の校区になるので、同じ幼稚園の友だちはたいていいいっしょになるらしい。

「おなじクラスになれるといいね」

園田さんが笑って角をまがったところで、ぼくは「あっ」と声をあげた。

ようやく見おぼえのある場所にでてきたのだ。

角から二軒目の、小豆色の屋根をした一軒家の前で足をとめる。

「え？　もしかして、ここ……？」

園田さんは、なんともいえないふくざつな表情でぼくの家を見あげた。

「うん。そうだけど、どうしたの？」

「ここ……幽霊屋敷だよ」

「え？　うちが？」

園田さんの言葉に、ぼくがギョッとして、自分の家を見あげると、

「そうじゃなくて……」

園田さんはゆっくりと、となりの家に視線をうつした。

うちのとなりは、いけがきにかこまれた、純和風の日本家屋だ。

「ここが？」

ぼくがきくと、園田さんは小さくうなずいて、

「わたしも、じっさいになにか見たりしたわけじゃないんだけど……。噂では、夜中に人魂が家のまわりをとんでたり、白い服を着た女の人が、いけがきをすりぬけて家の中に入っていくのを見た人がいるらしいよ」

そのとき、あたりが一瞬ピカッと光って、さっきよりも近くでかみなりの音がした。

「あ、やばい。もう帰らなきゃ。浩介くん、またね」

園田さんは首をすくめて、小さく手をふると、くるっとまわれ右をして走りだした。

園田さんのすがたが見えなくなると、ぼくはあらためてとなりの家を見あげた。

いままでは、自分の家ばかり見てたから気づかなかったけど、よく見ると、どくとくの雰囲気をもった家だ。

密集したいけがきが、家のまわりをぐるりとかこっているので、外からは二階部分しか

見えない。門はよくある両びらきではなく、格子状のりっぱな引き戸になっていた。

そしてなにより、シンとしずまりかえっていて、人が住んでいる気配がまったく感じられなかった。

だからといって、あれたりさびれたりした雰囲気はなく、ただひっそりとそこにある、という感じなのだ。

母さんがひっこしのあいさつにいってるはずだから、どんな人が住んでいるのか、あとできいてみよう。

帰りぎわ、ぼくはなにげなく門のところの表札を見た。

そこには、少しかすれた文字で〈山岸〉と書いてあった。

ぼくの父さんは、全国にチェーン展開している大手のスーパーにつとめている。

もともと、多々良市にある店舗で店員としてはたらいていたんだけど、五年前、人事異動で本社によびもどされた。

だけど、現場ではたらきたかった父さんは、ずっと希望をだしつづけ、こんど、リニューアルオープンするその店舗の店長をまかされることになって、この町にもどってきたのだ。

それだけに、父さんはすごくはりきっていて、ひっこしてからずっと、おそくまで開店準備に追われる日々がつづいていた。

今日も帰りがおそくなるらしいので、晩ごはんは母さんとふたりきりだ。

コロッケカレーを食べながら、ぼくは幼稚園のときの友だちとあったことを話した。

「あら、よかったじゃない」

母さんは明るい声をあげた。急な転校で、ぼくに友だちができないかもしれないと心配していたのだ。

「だれとあったの?」

「えっと、園田さんっていうんだけど……知ってる?」

「あら、絵里ちゃん?　なつかしいわね」

母さんは胸の前で手をあわせた。

なんでも、年長のときには同じぱんだ組同士、よくいっしょに遊んでいたのだそうだ。

「五年前は、ちがうところに住んでたんだよね」

「そうね」

以前住んでいたアパートと、いまの家とは、同じ町のはしとはしにあたるらしい。

「心配しなくても、園田さんと同じ小学校に通えるわよ」

母さんはにやにや笑いながらいった。

心配してるのはそこじゃないんだけど、めんどうなので、誤解をとかずにぼくはきいた。

「それじゃあ、この家はどうやって見つけたの？」

「会社が紹介してくれた不動産屋さんで見つけたんだけど……」

母さんはそこで言葉をきって、フフッと笑ってからつづけた。

「この家、びっくりするくらい安かったのよ」

「え？」

母さんの話をきいて、ぼくは絶句した。

この町にくる前に住んでいたのは、二ＤＫの賃貸マンションで、母さんもはじめはアパートかマンションをさがすつもりでいたんだけど、この家の家賃が周辺のマンションよりも安かったので、ここにきめたというのだ。

「どうしてそんなに安かったの？」

ぼくがおそるおそるたずねると、

「さあ……大家さんが、お金におおらかな人なんじゃないの？」

母さんは、自分の方がよっぽどおおらかな答えをかえしてきた。

「どうしたの？　一戸建てになって、浩介もよろこんでたんじゃないの？」

「それは、そうなんだけど……」

まさか、となりの家が幽霊屋敷とよばれている、ということもできず、ぼくは言葉をにごして、かわりにこんな質問をした。

「そういえば、となりってずいぶん大きな家みたいだけど、どんな人が住んでるの？」

「それが、まだあえてないのよ」

母さんはこまった顔でほおに手をあてた。

ひっこしてから、なんどかチャイムをならしてるんだけど、いちども返事がないらしい。

「もしかしたら、あき家なんじゃない？」

ぼくの言葉に、母さんはきっぱりと首をふった。

「それはないと思うわ。ちゃんと表札もかかってるし、第一、家って人がすんでいなかったら、すぐにあれてしまうものなのよ」

たしかにあれた様子はなかったな、と思いながら、ぼくはスプーンを手にして、のこりのカレーをかきこんだ。


次の日は、昨日とはうってかわって、朝から雲ひとつない、すごくいい天気だった。

ぼくと母さんは、昨日につづいて家のかたづけにとりかかった。

まず、家中の窓ととびらをあけはなして空気の通り道をつくる。

それから、母さんはたまっていた洗濯物をかたっぱしから洗濯機にほうりこんで、ぼくは荷物がかたづいた部屋から順に、そうじ機をかけていった。

一戸建ては、マンションにくらべてひとつひとつの部屋が広くて、おかげでお昼にはへとへとになっていた。

昼食のそうめんを食べ終えると、母さんはデパートで買ってきたおせんべいの箱を手に家をでて、またすぐにもどってきた。

「おとなり、やっぱりるすみたいね」

チャイムをならしてしばらく待ってみたけど、返事がなかったらしい。

母さんは、「ひっこしの手つづきや買い物があるから夕方まででかけるけど、もしおとなりが帰ってくる気配があったら、箱をとどけてあいさつしておいて」といいのこしてでかけていった。

ぼくは母さんを見送ると、バスケットボールを手に、外にでた。

庭のすみには、本格的なバスケットゴールがある。マンションから一戸建てにひっこすときまったとき、ぼくがゆいいつおねだりしたものだ。

前の学校では、サッカーや野球よりもミニバスケットがはやっていて、ぼくも二年生のときに、友だちにさそわれてはじめてから、その魅力にすっかりはまりこんでいた。

ぼくは平均よりもちょっと背が高いくらいで、足が速いわけでも、ジャンプ力があるわけでもないけど、チームメイトにいわせると、「すばしっこさはチーム一」らしい。

ディフェンスにかこまれても、わずかなすきまを見つけて、するするとぬけだしてしまうのだ。

ぼくは、オレンジのボールを軽くドリブルして、ゴールの真下からシュートをうった。

ふわりとうかんだボールが、ズサッと音を立ててゴールネットをゆらす。

つぎに、ゴールから少しはなれて二本目をうつと、ボールはゴールのふちにあたって、まっすぐはねかえってきた。

そのまますぐに三本目をうつと、こんどはきれいにすいこまれる。

そんな調子でつづけているうちに、何本目かのシュートが大きくはずれて、ゴールのうしろのボードの角にあたった。

あっ、と思うまもなく、大きくはねたボールはブロック塀（べい）をこえて、となりの家の敷地（しきち）へととびこんでいった。

ぼくは大きく口をあけて、ぼうぜんと立ちつくした。

いくら手がすべったとはいえ、あんなに大きくはずすなんて……。

しかたなく、ぼくはおせんべいの箱を手にして、となりの家にむかった。門の前でチャイムをおして、そのままじっと待つ。

だけど、いくら待っても返事はかえってこない。

（こまったなあ……）

ためいきをついて、なにげなく門に手をかけると、引き戸になっている白木の門は、カラカラと簡単にあいた。

ぼくはまよったすえ、

（もし見つかったら、ひっこしのあいさつだっていえばいいや）

と自分を納得させて、中に入ることにした。

そして、じっさいに入ってみると、そのあまりの広さにびっくりした。

門から玄関まではとび石がつづいていて、庭にはりっぱな松の木やうえこみが、まるで高級旅館みたいに、きれいに手入れされている。

白壁のりっぱな家は、母さんのいうとおり、あれたりさびれたりした雰囲気はなかった。

こうしてみると、やっぱり幽霊屋敷という感じはしない。ただの噂なんじゃないかな、と思いながら、ぼくは庭を見まわした。

だけど、バスケットボールはどこにもなかった。

ぼくは、ブロック塀の上からのぞく、バスケットボードを見あげた。

たしか、あの角にあたったはずだから、こっちにとんでくるとしたら——

ボールのうごきを予測して、ぼくが目をむけた先には——森があった。

森というのはおおげさかもしれないけど、建物と塀の間に、木が密集している場所があって、それがちょっとした森のように見えたのだ。

ぼくはおせんべいの箱をかかえたまま、森の中へと足をふみいれた。

陽の光がさえぎられて、まだお昼すぎのはずなのに、まるで夕方のようにうす暗い。

少し歩いたところで、大きな木の根もとに、オレンジ色のボールがころがっているのが見えた。

「あった！」

かけよって、ボールをひろいあげようとしたぼくは、そのとなりにころがっているものを見て、目をうたがった。

それは、石のボールだったのだ。

いや、一瞬ボールに見えたけど、あらためてよく見ると、それは石でできたお地蔵さまの頭だった。

え？　と思って顔をあげると、すぐそばに、首から上のないお地蔵さまが、片手を前にさしだし、片手をおがむ形にして立っていた。

さらにそのまま見あげると、かさなりあったえだや葉のすきまから、バスケットボードがかすかに見えた。

シュートに失敗して、大きくはねかえったボールが、ちょうどお地蔵さまの頭を直撃して……。

ゴロン

つま先に、なにかがあたる気配を感じて見おろすと、お地蔵さまの頭が、こちらにむかってころがってくるところだった。

思わずしりもちをついたぼくの目の前で、お地蔵さまの頭はピタリととまると、ニターッと笑った。

「────っ！」

ぼくは声にならない悲鳴をあげて、ころがるようにその場をにげだした。

その日の夜。めずらしく早く帰ってきた父さんと、家族三人で晩ごはんを食べていると、玄関のチャイムがなった。

「こんな時間に、だれかしら？」

母さんが首をひねって立ちあがる。

しばらくすると、ぼくたちをよぶ声がきこえてきた。

ぼくと父さんが玄関にむかうと、そこにはうす紫の着物を着た、背の高い男性が立っていた。

「はじめまして。となりに住んでいる山岸と申します」

男性は、ぼくたちに気づくと、ていねいに頭をさげた。

「あ、これはどうも。先日ひっこしてきた、高浜と申します。よろしくお願いします」

父さんが頭をさげる。そのとなりで、目をあわせないようにしながら、ぼくも小さく頭をさげた。おせんべいの箱がなくなっていることに、母さんが気づいてないのをいいことにして、ぼくは昼間のできごとをだまっていたのだ。

まずいなあ、と思っていると、

「浩介、あいさつにいってくれたんだったら、ちゃんと教えておいてよ」

母さんがそういって、笑顔でぼくの背中をたたいた。ぼくが、え？　と顔をあげると、山岸さんはにこっと笑って、すばやくウインクした。

「さっきは悪かったね。せっかくきてくれたのに、ちゃんとあいさつもできなくて」

「あ、いえ……」

ぼくは首をふった。どうやら、庭に菓子折りをほうりだしてきたことにはふれずに、ちゃんとあいさつにいったことにしてくれているみたいだ。

なんていい人なんだ、と思っていると、

「そういえば、庭にバスケットゴールがあったけど、浩介くんはバスケをするの？」

山岸さんがとつぜん、そんなことをきいてきた。

「あ、はい」

ぼくはあわててうなずいた。

「へーえ、いいね。ぼくも前から興味があったんだ。よかったら、こんど、いっしょにやらないかい？」

「あら、よかったわね、浩介」

母さんがうれしそうにいった。父さんもうんうんとうなずいている。

「浩介くん。おとなり同士、これからよろしくね」

山岸さんは、スッと右手をさしだした。

ぼくがとまどいながらも、前にでてその手をにぎりかえすと、山岸さんはぐっと腰をかがめて、ぼくの耳もとでささやいた。

「ボールをかえしてほしければ、明日うちにおいで」

「え？」

ぼくが顔をあげたときには、山岸さんはからだをおこして、笑顔でぼくを見おろしていた。

「それじゃあ、これで失礼します。どうも夜分におじゃましました」

山岸さんはていねいに頭をさげて、帰っていった。

「よかったわね。よさそうな人で」

「だけど、なんの仕事をしてるんだろうな……」

そんなやりとりをしながら、リビングにもどるふたりのうしろで、

(もしかしたら、とんでもない家のとなりにひっこしてきたのかも……)

そんな予感にとらわれて、ぼくはブルッとからだをふるわせた。


翌日。空は朝からはれていたけど、ぼくの気持ちはどんよりとくもっていた。

〈山岸〉と表札のかかった門の前に立って、重い気持ちでチャイムをならすと、

「はーい、あいてるよ」

あっけらかんとした声がかえってきた。

門をあけて、玄関にむかおうとしたぼくは、とび石のとちゅうで足をとめた。

「あれ?　おまえは……」

目の前にちょこんと座って、ぼくを見あげていたのは、ふみきりのところでぼくを助けてくれた、あの黒ネコだったのだ。よく見ると、目の色が右と左でちがう。右目があわい金色で、左目がふかい海のような青色をしていた。

「おまえ、ここのネコだったのか」

黒ネコは、にゃあと短くなくと、くるりとせなかをむけて、ぼくを案内するみたいにトトトと歩きだした。

そして、玄関の前で立ちどまると、ふたたびこちらをむいて、ひとなきして去っていった。

玄関を入ると、たもとに手をいれた着ながしすがたの山岸さんが、目の前に立っていた。

「やあ、よくきてくれたね」

なかばおどすようにさそっておいて、よくきてくれたもないもんだ、と思いながらも、ぼくは神妙に頭をさげた。

「おはようございます」

「さあ、どうぞどうぞ」

くつをぬいであがると、板ばりのろう下から足のうらに、ひんやりとした感触がつたわってきた。

長いろう下の両側には、えんえんとふすまがつづいていて、庭だけではなく、家の中もまるで旅館みたいだ。

ぼくが通されたのは、その長いろう下の角をまがってつきあたりにある、十畳以上はありそうな広い和室だった。うら庭に面しているのか、障子を通して白い光がさしこんでいる。

部屋の奥には黒い文机と座いすが置かれ、壁は一面、天井まであるこげ茶色の本だなと、すきまなくならべられた本でうめつくされていた。

部屋に入ってすぐのところで、ぼくはふかぶかと頭をさげた。

「あの……すいませんでした」

「ん？　なんのこと？」

庭のお地蔵さま……とぼくがいいかけたとき、

「そういえば、ボールをとりにきたんだったね」

山岸さんは、左右に広げた両方の手を、肩の高さにかかげながらいった。

「それで、きみがうちの庭に忘れていったのは、こっちのゴムのボールかい？　それとも、石のボールかい?」

ぼくはぎょっとしてかたまった。

山岸さんの右手にはオレンジ色のバスケットボールが、そして左手には、あのお地蔵さまの頭がのっていたのだ。

「え……あの、ゴムのボールの方を……」

「浩介くんは正直者だね。ごほうびに、ボールをふたつとも……」

「いりません!」

ぼくは悲鳴をあげてあとずさった。

「冗談だよ、冗談。まあ、座って」

山岸さんはすずしい顔で、ぼくにざぶとんをすすめた。そして、自分も腰をおろして、両横に石の頭とボールを置くと、

「しかし、こまったことをしてくれたねえ……」

言葉とはうらはらに、にやにやと笑いながら、お地蔵さまの頭をペシペシとたたいた。

「あの……」

ぼくはおそるおそるきいた。

「そのお地蔵さま、もしべんしょうするとしたら、いくらぐらいになりますか？」

「そうだなあ……まあ、だいたい二千万円ぐらいかな」

山岸さんは、あごをなでながら答えた。

「に……」

絶句するぼくに、山岸さんは追いうちをかけるようにいった。

「それに、じつはこれ、いまは亡き人間国宝の作品で、もう手に入らないんだよね」

「はあ……」

そのわりにはざつにあつかってるなと思ったけど、もちろん口にだしていえるはずもなく、ぼくはぼんやりと、お地蔵さまの糸のような細い目を見つめた。

こうして見ていると、ふつうのお地蔵さまだ。

昨日はきっと、庭に傾斜があって、ぼくの足もとにぐうぜんころがってきたのだろう。

笑ったように見えたのも、光のかげんかなにかにちがいない。

それより、二千万円なんて大金、どうしたらいいんだろう。

かりに山岸さんが、話を十倍にふくらませていたとしても、二百万円なのだ。ひっこしたばかりで、父さんと母さんには心配かけたくないし……。

鼻の奥がツンとして、目の前がにじんでくる。

「まあまあ。そんなに気を落とさなくていいんだよ」

山岸さんはとりなすようにいった。

「おとなりさんじゃないか。ぼくだって鬼じゃないんだから、本気でべんしょうしてもらおうなんて思ってないよ」

「ほんとうですか？」

ぼくはすがるようにいった。

「もちろん。ただ、そのかわりとはいってはなんだけど、ぼくの仕事をちょっとてつだってもらえないかな？」

「仕事……ですか？」

予想外の申し出に、ぼくはきょとんとした。そして、ずっと気になっていた疑問を口にした。

「山岸さんって、なんのお仕事をされてるんですか？」

「ぼくかい？　ぼくは、カイダンシュウシュウカだよ」

山岸さんは、呪文のような言葉を口にした。

「え？」

「だから、怪談収集家――世の中にでまわっている怪談の中から、本物の怪談だけを集めるのが仕事なんだ」

「はあ……」

「あ、もしかして、信じてないな？」

山岸さんは笑って、ぼくの顔をのぞきこんだ。

「あ、いえ……」

信じてないといえば、世の中にそんな仕事が存在すること自体が信じられない。

だいたい、怪談に本物とかにせ物とかあるのだろうか。

「本物の怪談っていうのは、作り話ではなく、ほんとうにあった怪談ということだよ。だから怪談収集家は、人にきくだけじゃなく、じっさいに現地にいって、自分の目と耳と足で調べないといけないんだ」

　山岸さんはたもとに手をいれて、ぼくの心を読んだように答えた。

「あの……それで、ぼくはなにをすれば……」

「きみには、ぼくの助手をやってもらいたいんだ」

「助手？」

　ぼくは首をかしげた。

「うん。部屋のかたづけとか、資料の整理とか、現地調査にいくときの荷物はこびとか
……」

「それって、秘書みたいなものですか？」

　ぼくがきくと、山岸さんは首をふった。

「いや、秘書ならもういるんだ」

　そのとき、ふすまがスッとあいて、女の人が入ってきた。

　この暑い季節に、黒のパンツスーツで、ジャケットをしっかり着こんでいる。

　女の人は、ぼくに小さく会釈をすると、氷の入ったジュースをぼくと山岸さんの前に置

いた。

　その顔を見て、ぼくはぎょっとした。

右目と左目の色がちがっていたのだ。

　右目はあわい金色をしていて、左目は深い海のような青色をしている。

　カラーコンタクトだよな——ぼくがまじまじと見つめていると、その秘書さんは、ぼくにニコッとほほえみかけて、部屋からでていった。

「あの人……」

　うしろすがたを見送りながら、ぼくはつぶやいた。

「ん？　どうかした？」

「あ、いえ……」

まさか黒ネコじゃありませんよね？　というせりふを、ぼくはあわてて飲みこんだ。笑われると思ったわけではなく、よくわかったね、といわれるのが怖かったのだ。

「それで、引きうけてくれるよね？」

山岸さんは、お地蔵さまの頭を左右にゆらしながらいった。

「――はい」

選択のよちはなさそうだ。ぼくがしぶしぶうなずくと、山岸さんは満面の笑みをうかべた。

「よかった。きっと引きうけてくれると思ってたんだ」

そういって立ちあがると、本だなから一冊の本をぬきだしてもどってきた。

なんだか、すごく古い本だ。

深い緑と茶色がまじったような表紙は、ごわごわしていて、紙というよりなんだか植物を直接あみこんでつくったみたいだった。

本の背はひもでとじてあって、歴史の授業でならった江戸時代の本を思いだした。

表紙には、うすくかすれた文字でなにか書いてある。

「百……物語？」

「うん。百物語は知ってるかな？」

山岸さんの言葉に、ぼくはうなずいた。

たしか、夜、ろうそくを百本立てて、怖い話をひとつするたびに一本ずつふき消していく。そして、最後の一本が消えたとき、なにか恐ろしいことがおこるという、肝だめしのようなイベントのことだ。

「これは、それを本にふうじこめ……書きとめたものでね」

山岸さんはなぜかいいなおすと、本をぼくにさしだした。

「きみにてつだってもらいたい仕事というのは、この本を完成させることなんだ」

「完成？」

うけとった本をそっとひらいて、ぼくはおどろいた。

表紙と同じごわごわした紙に、手書きの文字がびっしりと並んでいる。しかも、まるで江戸時代に書かれたみたいなぐにゃぐにゃした文字で書かれているので、なにが書いてあるのか、ほとんどわからない。

それでも、ところどころ読みとれる単語をひろいながら、ぱらぱらとページをめくっていくと――

「あれ？」

全体の三分の二くらいまで進んだところで、ぼくは手をとめた。

とつぜん、なにも書かれていないまっ白なページがあらわれたのだ。

「これって……」

山岸さんは「そうなんだ」とうなずいた。

「まだ未完成なんだよ」

「この本、もしかして山岸さんが書いたんですか？」

ぼくがきくと、山岸さんはびみょうな表情で首をひねった。

「うーん……それはむずかしい質問だね。ぼくが書いたともいえるし、書いてないともいえるし……」

「はあ……」

なにがむずかしいのか、よくわからない。

「それより、この本にはとても重要なルールがあるんだ」

「ルール？」

「うん。この本には、本物の怪談（かいだん）しかのせられないんだよ」

そういえば、さっきもそんなことをいっていたような気がする。

「でも、本物の怪談なんて、じっさいにあるんですか？」

ぼくがそういうと、

「少なくとも、きみはひとつ知ってるじゃないか」

山岸（やまぎし）さんはニヤリと笑っていった。

「〈右田（みぎた）くんのふみきり〉だよ」


夜になっても、昼間の熱気はまだ町の底（そこ）にのこっているみたいに、空気はぬるく、なまあたたかかった。

そんな夜の町を、ぼくと山岸さんは肩（かた）をならべて歩いていた。

どうせいくなら明るいうちにいきましょう、と主張（しゅちょう）するぼくに、

「やっぱり、こういうのは夜じゃないと気分がでないから」

山岸さんはわかるようなわからないような理由をつけて、夜の調査を一方的に決定したのだ。

夜に出歩くのは親が反対するかも、と抵抗をこころみたんだけど、山岸さんは、あっさりとうちの両親を説得してしまった。

夏の夜とはいえ、着ながしすがたの山岸さんはやはり目立つらしく、すれちがう人がふりかえっていく。

そんな視線を気にする様子もなく、山岸さんは気持ちよさそうに夜風に目を細めながら話しはじめた。

「ぼくが調べたところ、右田くんのふみきりというのは、じっさいにあった事故のようだね」

いまから三年前、当時小学一年生の男の子が、あのふみきりで急行電車にはねられて亡くなるという事故があった。

その子は日ごろから忘れ物が多く、その日も忘れ物をとりに帰るとちゅうだった。そして、彼の遺体の一部は今も見つかっていないらしい。

それいらい、ふみきり付近で、自分の右手をさがす男の子の幽霊が目撃されるようになったんだけど、どういうわけか、目撃するのは男の子と同じ、多々良小の児童ばかりだった。

「どうしてなんでしょう」

ぼくのつぶやきに、

「同じ学校のなかまがほしいんだよ」

山岸さんがあっさりと怖いことをいったとき、まがり角のむこうから、カンカンカンカンと警報の音がきこえてきた。

「……ほんとにいくんですか？」

ぼくは、山岸さんの顔色をうかがった。

「だって、多々良小学校の児童がいないと、右田くんはでてきてくれないんだろ？」

「もしかして、それがぼくを助手にした理由ですか？」

「なにをいってるんだ」

山岸さんは急に立ちどまると、ぼくの両肩をしっかりとつかんだ。

「多々良小の子だったら、だれでもいいってわけじゃないんだよ。自分では気づいてないかもしれないけど、きみはすぐれた霊媒体質のもちぬしなんだ」

「霊媒体質？」

「霊とか怪異をひきつける体質だよ」

「はあ……」

全然うれしくない。

そんなぼくの気持ちを気にする様子もなく、山岸さんはつづけた。

「たぶん、場所との相性もあるんだろうね。この土地ときみの体質とが反応しあって、浩介くんの霊的なエネルギーがすごく高まってるんだ。その証拠に、ひっこしてきてそうそうに、右田くんとあったじゃないか」

たしかに、ひっこす前の学校にも七不思議はあったし、友だちと肝だめしみたいなことをしたこともあったけど、幽霊を見たことはなかった。

「でも、それだけいろいろ調べてるなら、わざわざ見にいくひつようはないんじゃないですか？」

ぼくがそういうと、

「わかってないなあ」

山岸さんは大きくかぶりをふった。

「ちゃんと自分の目で確認しないと、それが本物の怪談かどうか、判断できないだろ」

結局説得しきれないまま、ぼくたちはふみきりに到着した。

遮断機がおりて、ふたつの赤いライトが、まるで怪物の目玉のように光っている。

そんなにおそい時間じゃないはずなのに、どういうわけか、ふみきり待ちをしている人はひとりもいなかった。

「それじゃあ、よろしくね」

「え？」

ぼくの背中をぽんとたたいて、きびすをかえそうとする山岸さんを、ぼくはあわててひきとめた。

「いっしょにいくんじゃないんですか？」

「だって、ひとりじゃないと、右田くんは現れてくれないんだろ？」

山岸さんはおだやかな、しかし有無をいわさない口調で、やんわりとぼくの手をひきはがした。

「でも……」

「だいじょうぶだよ。あぶなくなったら助けにいくから」

そういって、手前の角までもどると、顔だけだして手をふった。

しかたがない。まあ、右田くんがぜったいに現れるとはかぎらないわけだし……。

ぼくはためいきをついて、ふみきりに近づいた。

ゴ――――ッ、と地面をはげしくふるわせながら、電車が目の前を通過していく。

遮断機があがると、ぼくはおそるおそる、草むらの中に足をふみいれた。

今日は、ランドセルがうごいている気配はなさそうだ。

考えてみれば、その右田くんという男の子もかわいそうな子だった。

電車にはねられた上、右手が見つからないせいで、成仏できずにいるのだから。

山岸さんだったら、お札とかおいのりとか、成仏させる方法を知っていそうだけど……。

ぼくがさらに一歩、足をすすめたとき、

「きてくれたの？」

うしろから、うれしそうな声がきこえてきた。

反射的にふりかえると、すぐ目の前に、ランドセルをせおった右田くんが立っていた。

「うわっ！」

思わずあとずさったぼくは、草に足をとられてひっくりかえった。

「ありがとう。いっしょにさがしてくれる？」

にげようとするぼくの右腕を、右田くんの左手ががっしりとつかんだ。

同時にカンカンカンと警報がなりはじめ、黄色と黒の遮断機がゆっくりとおりてくる。

線路のむこう側では、街灯に明かりがともりはじめ、人や車のいきかうすがたが見えるのに、ふみきりのまわりだけが、まるで結界でもはられているみたいにだれもいなかった。

ぼくは足に力をこめてふんばった。だけど、すごい力でずるずると引きずられて、気がつくと、線路の上に立っていた。

昨日はここで、黒ネコが助けてくれたんだけど、さっき玄関先でいねむりしているすがたを見ているので、今日は期待できそうにない。

カーブの奥から、電車のライトが近づいてくる。

プワーンと、耳をつんざくような警笛が夜の街になりひびいた。

このままだと、ひかれてしまう――。

全身がライトにつつまれた瞬間、ぼくはとっさに右田くんに頭からぶつかっていった。

右田くんの手の力が一瞬ゆるむ。そのすきに、ぼくは右田くんの手をふりはらうと、横をすりぬけるようにして、線路のむこう側にころがりこんだ。

そして、ちょうど手にふれた白い石をつかむと、右田くんになげつけた。

もしかしたら、からだをすりぬけるかも、と思ったけど、石は右田くんの胸のあたりにあたって、そのまま足もとにぽとりと落ちた。

右田くんが、おどろいたように目を丸くしている。

次の瞬間、電車が轟音をたてながら、ぼくの目の前――右田くんのからだの上を通過していった。

ぼくは、あっ、と口をあけたまま、走りぬけていく銀色の電車を見送った。

電車が走り去ったあとには、右田くんのすがたはどこにもなかった。

警報がなりやんで、遮断機がゆっくりとあがる。

　すると、いままでいったいどこにいたのか、遮断機の前で待っていた人たちが、いっせいにふみきりをわたりだした。

　ぼくが腰をぬかしたまま、ぼうぜんとしていると、

「あぶないところだったねえ」

　山岸さんが、のんびりとした歩き方で、ようやくすがたを現した。

「どうして助けてくれなかったんですか！」

　われにかえったぼくが、立ちあがってつめよると、

「助けにいこうとしたら、浩介くんが自分でうまくにげてくれたんだよ」

　山岸さん、おおげさにうなずきながら答えた。

「観察者は、観察対象にはたらきかけたりしてはいけないんだ。その対象に影響をあたえては、正確な観察ができなくなってしまうからね」

　なにをいってるのか、さっぱりわからなかったけど、山岸さんがはじめからぼくを助けるつもりがなかったことだけは理解できた。

「だけど、どうして消えたんでしょう」

「たぶん、これのせいじゃないかな」

山岸さんはそういって線路に足をふみいれると、さっきぼくが右田くんになげた、白い石をひろいあげた。

いや、よく見るとそれは石ではなく――

「彼はずっと、これをさがしてたんだよ」

山岸さんが手にしていたのは、小さな骨のかけらだった。

右田くんは、ついに自分の右手を見つけたのだ。

「それじゃあ……」

ぼくのつぶやきに、山岸さんは「うん」とうなずいた。

「さがしていたものが見つかって、成仏したんじゃないかな」

そういえば――ぼくは、さっき目にした光景を思いだした。

電車とかさなって、すがたが消える直前、右田くんはかすかにほほえむような表情をうかべて、ぼくを見ていたのだ。

翌日。ぼくが庭でバスケをしていると、となりの家から塀をひょいとのりこえて、黒ネコがやってきた。

そういえば、名前をきいてなかったな、と思っていると、黒ネコは「にゃあ」とひとこえないて、ついてこいとでもいうように、ふたたび塀のむこうにすがたを消した。

さすがに塀をのりこえるわけにはいかないので、ぼくは玄関にまわってとなりの家をたずねた。

玄関でぼくを待っていた黒ネコのあとについて、奥の部屋に入る。山岸さんはこちらに背をむけて、文机にむかっていた。

ぼくが声をかけようとすると、

「すまないね。もうすぐ終わるから」

山岸さんは片手をあげていった。

肩ごしに手もとをのぞきこむと、山岸さんはあの本の白紙のページに、筆ですらすらとなにかを書きこんでいるところだった。

しばらくして、筆を置いた山岸さんは、

「よし、できた！」

天井を見あげて、満足そうに息をはきだした。

「なにを書いてたんですか？」

ぼくがきくと、

「きまってるだろ。『右田くんのふみきり』だよ」

山岸さんはふりかえって、にやりと笑った。

「これで、完成に一歩近づいたぞ」

「あの……」

ぼくはおずおずとたずねた。

「この本って、完成したらどうするんですか？」

これをどこかに売るのだろうか。それとも、これをもとにして、大量に印刷するのだろうか。

「これは……まあ、そのうち説明するよ」

山岸さんはそういうと、墨がうつらないようにうすい紙をはさんで、本をていねいに閉じた。

「でも……」

ぼくは言葉をのみこんだ。

山岸さんの横顔が、すごくさびしそうに見えたのだ。

だけど、それも一瞬のことで、

「まあ、心配しなくても、完成するまではつきあってもらうから」

そういってふりかえったときには、いつもの人を食ったような笑顔がもどっていた。

「え……」

絶句するぼくの足もとで、黒ネコがうれしそうにニャアとないた。

第二話　幽霊あめ

「浩介くんは、『幽霊あめ』ってきいたことあるかな？」

山岸さんがとうとつにそんなことをきいてきたのは、ぼくが山岸さんに命じられて、ほこりのつもった本だなの整理をしていたときのことだった。

『世界奇談集』と書かれた本の表紙をかわいた布でぬぐいながら、ぼくは「ありません」と答えた。

「なんですか、それ。なめると幽霊みたいに消えるあめですか？」

「まあ、あめはたいてい、なめると消えるけどね」

文机の前でのんびりとお茶をすすっていた山岸さんは、笑って答えた。

「そういう怪談があるんだよ」

「はあ……怪談ですか」

ぼくはからぶきしていた手をとめて、警戒しながら山岸さんの表情をうかがった。

〈右田くんのふみきり〉の調査から、三日がたっていた。

あのあと、なにをどういってまるめこんだのか、うちの両親の信頼をすっかりかちとった山岸さんは、「ぼくさえよければ」という条件つきで、夏休みの間、ぼくに仕事をてつだわせる許可を得た。もちろん、二千万円の借金をせおったぼくにことわる自由などなく、こうして保護者公認で、山岸さんの「助手」としてはたらいているのだった。

ちなみに、山岸さんはうちの両親には「作家兼郷土史家」と名のっているらしい。郷土史家というのは、地方の歴史やいいつたえを収集したり、研究したりする人のことだそうだ。

たしかに、その地方につたわる怪談というのは、いいつたえや伝説のたぐいといえないこともないので、うそはついていない。そもそも、正直に怪談収集家などと名のっていたら、父さんと母さんも、そう簡単にかわいいひとり息子をあずけたりはしなかっただろう。

とにかく、そんな事情で資料の整理をてつだっていたときに、山岸さんの口からでてきたのが、さっきのせりふだったのだ。

「そんなに警戒しなくていいよ」

山岸さんは、顔の前でひらひらと手をふった。

「これは、けっこうよく知られた怪談でね。一般的には『子育て幽霊』ともよばれてるんだけど……そうだな、『おいてけ堀』や『茶わんの中』ぐらいには有名かな」

怪談でたとえられても、基準がよくわからない。ぼくが首をかしげていると、

「まだ、亡くなった人を火葬ではなく、土葬するのが一般的だった時代の話なんだけどね……」

山岸さんは着ながしのたもとに手をいれて、一方的に語りはじめた。

『幽霊あめ』

昔々の話。

草木もねむる丑三つ時に、あめ屋の戸をたたく音がした。

（ちなみに、丑三つ時というのはいまでいう午前二時から三時ごろのことで、当時のあめ屋で売られていたのは、いまのキャンディのようなものではなく、水あめをはしにまいたものだったそうだ）

こんな夜ふけにだれだろう、とあめ屋の主人が戸をあけると、店の前に、白い着物すがたの若い女が青白い顔で立っていた。

「夜分おそくにすいません。これであめを売っていただけないでしょうか」

女は蚊のなくような声でそういうと、一文銭をさしだした。

こんな夜ふけに若い女が、と不審に思いながらも、女があまりに必死にたのみこんでくるので、主人はあめを売った。

次の日も、またその次の日も、同じ時刻になると、女はあめを買いにきた。

ところが、七日目の夜、女は「もう一文銭がありません。どうかこれで、あめを売ってくださいませんか」と、夜露にぬれたはおりをさしだした。

主人がはおりと引き換えにあめをわたすと、女はなんども頭をさげながら帰っていった。

次の日の朝。主人がはおりを店の前にほしていると、通りがかった男が足をとめ、主人につめよった。

「これは先日、病で亡くなった妻のはおりだ。いったいどこで手に入れた」

おどろいたあめ屋の主人が、男といっしょに、妻の墓があるというお寺にむかうと、墓の方からおぎゃーおぎゃーと赤んぼうの泣く声がする。

いそいで墓をほりかえすと、女の亡骸にだきしめられるようにして、小さな赤んぼうがはげしく泣いていた。

その手には、ゆうべあめ屋が女にわたしたあめが、しっかりとにぎられていたという。

「――つまり、妊娠したまま亡くなった母親が、お墓の中で子どもをうんで、その子を育てるために、毎晩あめを買いに通ってたんだ」

ちなみに一文銭というのは昔のお金の単位で、当時は亡くなった人が死後の世界でこまらないようにと、一文銭を六枚にぎらせてから埋葬する風習があったのだそうだ。

「六日目で一文銭がなくなったから、七日目にはおりとあめを交換したんだろうね」

山岸さんがしんみりとした口調でいった。

「それで、その赤ちゃんはどうなったんですか？」

いつのまにか話にひきこまれていたぼくがたずねると、

「その後、お寺にひきとられて、えらいお坊さんになったそうだよ」

山岸さんはそういって、話をしめくくった。

ぼくは、毎晩あめ屋の前に立つ、白い着物を着た女の幽霊のすがたを思いうかべた。

怖いけど、なんだか悲しい。

悲しいけど、なんだか怖い。

そんなふくざつな気持ちになる怪談だった。

ぼくが話のよいんにひたっていると、

「さて、ここからが本題なんだけど……」

山岸さんはお茶をひとくちのんでから、話を再開した。

この『子育て幽霊』の舞台は、一般的には京都のある有名なお寺ということになっている。お寺の近くには、じっさいにその当時からあめ屋をいとなんでいるお店が、「幽霊あめ」という商品名であめを売っているらしい。

ところが、山岸さんによると、この多々良市にもにたようないいつたえがあって、じっさいに幽霊あめを売っているお店があるのだそうだ。

「御野辺山の上に小さな湖があるんだけど、知らないかな？」

ぼくは首をふった。御野辺山の名前はきいたことがあるけど、湖のことは知らなかった。

「その湖の奥に、古いお寺があってね。そのお寺の近くに、幽霊あめを売っているお店があるらしいんだ。そこで、今回の依頼なんだけど……」

「いやです」

ぼくは山岸さんのせりふにかぶせるようにして答えた。

「まだなにもいってないよ」

山岸さんは苦笑した。

「そのお店にいって、幽霊あめを買ってこいっていうんでしょ？　いやですよ」

ぼくは顔をしかめてみせた。

山岸さんは、本物の怪談だけを収集する怪談収集家だ。怪談にはたんなる噂話やつくり話とほんとうにあった話があるけど、山岸さんが調査しようとする怪談は、本物の可能性が高い。

しかも、山岸さんによれば、ぼくは霊媒体質——幽霊を引きよせる力をもっているらしいのだから、あまりうれしくない事態になるのは目に見えている。

「まあ、そういわずに。ちょっと湖までいって、あめを買ってきてくれるだけでいいんだから」

山岸さんのねこなで声に、ぼくは背すじを氷でなでられたみたいにぞっとした。

「いやといったらいやです。だったら、自分でいけばいいじゃないですか」

「ぼくも、できれば自分でいきたいんだけど、いろいろといそがしくてねえ……」

山岸さんはわざとらしく眉をよせて、あごをなでた。

ぼくが反論しようとしたとき、部屋の壁にかけられた柱時計が、三時をつげた。

今日は母さんとでかける予定があるので、山岸さんのてつだいは三時までの約束だ。

「時間なので、帰ります」

ぼくは本をたなにもどすと、頭をさげて、足早に部屋をあとにした。

うしろ手にふすまをしめる直前、山岸さんの笑いをこらえたような声がかすかにきこえた。

「後悔するよ」


その日の夜。

風を通すため、いつものように窓を細くあけて、ベッドでねていたぼくは、あまりの息苦しさに目をさました。

「うーん……ううう……」

まっ暗な部屋の中で、そっと目をあけると、胸の上になにか丸いものがのっているのが見える。

あわててからだを起こそうとしたけど、起きあがるどころか、まるで金しばりにあったみたいに、ゆび一本うごかない。

そのうち、目がなれてきたぼくは、その丸いかげの正体に気づいて目を見ひらいた。

それは、あのお地蔵さまの頭だったのだ。

ぼくがこおりついていると、お地蔵さまの頭はゆっくりと一回転して、ぼくの顔の前でとまった。そして、細い目をゆっくりあけると、くちびるの両はしをぐぐっとあげ、にやりと笑った。

それを見て、声にならない悲鳴をあげながら、ぼくの意識は暗闇の中へとまっさかさまに落ちていった――

次の日の朝。すっきりしない頭をかかえながら、となりの家のよびりんをおすと、山岸さんはまるで待っていたみたいに顔をだした。

　そして、ぼくが「幽霊あめ、買ってきます」というと、ゆうべのお地蔵さまと同じ顔でにやりと笑った。

「ほらね、後悔しただろ？」


　町の中心部とは反対方向に、自転車でひたすら走りつづけると、家や建物がだんだんまばらになって、風景に田んぼや畑がふえてくる。

　コンクリート製のみじかい橋をわたって、さらに進むと、自転車はいつのまにか、舗装されていない山道に入っていた。

　自転車がガタガタと上下にゆれる。おしりはいたいけど、空気はおいしいし、葉と葉の間からこぼれてくるひざしは気持ちがいい。それに、

「あとちょっとだから、がんばろう」

　となりでは、赤い自転車にのった園田さんが、息をはずませながら、はげましてくれる。

「うん」

ぼくはペダルをふみこむ足に、ぐっと力をこめた。

昨日、山岸さんの依頼を引きうけた――引きうけさせられた――ぼくは、湖とお寺のことをきこうと、園田さんに電話をかけた。

園田さんは、湖は知っていたけど、お寺と幽霊あめのことは知らなかった。

湖は、このへんでは有名な観光スポットで、車でいく人が多いんだけど、山の中をつっきれば、自転車でもそんなに時間はかからないらしい。

「でも、急にどうしたの？」

園田さんにきかれて、電話口でぼくは言葉につまった。正直に話そうとすると、山岸さんのことも説明しなければならなくなる。

だけど、となりの人に弱みをにぎられて、むりやり怪談の調査をさせられているなんて、できれば話したくない。

ぼくがどう説明しようかと考えていると、

「よかったら、つれていってあげようか？」

園田さんが、思いがけない申し出をしてきた。

「その幽霊あめっていうの、わたしも見てみたいし」

かくして、真夏のサイクリングが決定したのだった。


最後の急な坂道をいっきにかけあがると、とつぜん視界がパッと広がった。

夏のひざしを反射した湖が、目の前に広がっている。

キラキラとかがやく湖面のむこう側には、なだらかな山なみが雲にかすんでいるのが見えた。

夏休みということもあってか、湖畔はカップルや親子づれでにぎわっていた。

ほとんどの人は、車で山をまわりこんでのぼってくるらしく、駐車場にはたくさんの車がとまっている。

ぼくと園田さんは、駐車場のはしに自転車をとめると、湖のほとりにあるボート乗り場へとむかった。

乗り場の前にはちょっとした広場があって、かき氷や焼きそばの屋台がならんでいる。

乗り場のとなりは小さな売店で、パンやジュース、デジカメ用のメモリーカードや、おして歩くとよちよち歩くペンギンのおもちゃなんかが売られていた。

だけど、店の中をいくらさがしても、幽霊あめらしきものは売っていなかった。

「ないみたいだね」

ぼくは、内心ほっとしながらいった。

見つけてしまえば、園田さんの手前、買わないわけにはいかない。そして、買ってしまえば、なにかよくないことが起きるような気がするのだ。

「ざんねんだけど、しょうがないよ」

そういって、店の外にでようとするぼくを、園田さんは「ちょっと待って」と引きとめて、ちょうど商品の整理をしていた店員さんに声をかけた。

「あの、すいません。このへんに、お寺はありませんか？」

「お寺？　えーっと……ちょっと待っててね。ほかの人にきいてくるから」

店員さんはそういいのこして、レジの奥へとすがたを消した。

そういえば、山岸さんは湖ではなく、お寺の近くに幽霊あめを売っているお店があるといっていたのだ。

それにしても、園田さんは頭の回転も速いし、行動力もある。なにより、こういう話が大好きなのだから、ぼくよりもよっぽど山岸さんの助手にむいてるのではないだろうか。

ただ一点、霊媒体質ではないという点をのぞいては……。

そんなことを考えていると、さっきとはべつの年配の店員さんがやってきて、お寺までのいき方を教えてくれた。

「わたしも、ずいぶん前にいったきりだけどねえ……」

という店員さんに見送られて、ぼくたちは店をでた。

お寺にいくには、湖を大きくまわりこまないといけないらしい。

広場をはなれて、湖にそって歩いていくと、知らなければ通りすぎてしまいそうな細い道があらわれた。

「――そういえば、幽霊あめの話って、だれにきいたの？」

右手には山はだがせまり、左手は急な斜面になっている山道を、肩をならべて歩きながら、園田さんが不思議そうにきいてきた。

「さっきの店員さんも、お寺のことは知ってたけど、幽霊あめのことは知らなかったみたいだし……」

ここにくるまでは、おたがい自転車に乗っていてしゃべりづらかったので、くわしい事情はまだ話していなかったのだ。

ぼくはちょっとまよった末、となりの人に買ってきてほしいとたのまれたのだと正直にいった。

「え？」園田さんは目を丸くした。

「となりって、あの幽霊屋敷？　あそこ、人が住んでたの？　どんな人？」

興味をしめす園田さんに、ぼくは「若い男の人。作家さんらしいよ」と答えた。

「地方につたわる言いつたえとか昔話とか、そういうのをもとにした小説を書いてるんだって」

そして、仕事柄、取材旅行で何か月も家をあけたりすることもあるため、近所から不審に思われたのかもしれないといっていた、とつけくわえた。

「へーえ……」

園田（そのだ）さんは感心したような声をあげた。

「それじゃあ、人魂（ひとだま）とか、女の人の幽霊（ゆうれい）っていうのは、見まちがいだったのかな」

「たぶんね」と答えながらも、ぼくは心の中で、どうかなと、思った。

なぞのお地蔵（じぞう）さまといい、あやしげな黒ネコといい、あの家はやっぱりふつうじゃないと思う。

なにより、家の主（あるじ）があの人だし……。

「でも、どうしてその作家さんは、幽霊あめを買ってきてほしいって浩介（こうすけ）くんにたのんできたの？」

「それが……」

ぼくは、山岸（やまぎし）さんからきいた幽霊あめの怪談（かいだん）を、園田さんに語った。

ぼくが話し終わると、園田さんはT（ティー）シャツからのぞく腕（うで）をこすった。

「なんていうか……すごい話だね」

ぼくがうなずいて、

「それで、次の作品の参考にしたいから、実物を見たいんだけど、いそがしいからかわりに買ってきてほしいってたのまれたんだ」

そこまで説明したとき、とつぜん目の前に、赤い布に黒字で書かれた大きなのぼりが現れた。

〈幽霊あめ、あります〉

しかも、のぼりは山道にそって何本もならんでいる。

あっけにとられながら、さらに進むと、左手に細長い山小屋のような建物が見えてきた。

ずいぶん年季の入った建物だ。

「ここ……だよね」

園田さんがぼくの顔を見る。

「そうみたいだね」

ぼくはうなずいて、ガラス戸に手をかけた。

立てつけの悪い引き戸を、ガタガタと音を立てながらあけると、店内は真夏とは思えないくらいうす暗くて、ひんやりとしていた。

手前には商品のならんだたなが、奥には教室にあるような木製の机といすが置いてあって、売店と休憩所がいっしょになったみたいなつくりだ。

「いらっしゃい」

　とつぜん、すぐそばから声をかけられて、ぼくたちはとびあがった。

　店の暗がりに同化していて気づかなかったけど、入ってすぐのところにレジがあって、小柄なおばあさんが、ニコニコと笑いながらいすに座っていたのだ。

　レジの前では、お茶やジュースが氷水でひやされている。

　ホッとしたとたん、のどのかわきを思い

だしたぼくたちは、ラムネを買って奥の机でむかいあった。

半分ほどあいた窓から気持ちのいい風が入ってくる。水のながれる音がかすかにきこえてくるので、もしかしたら斜面の下に、川がながれているのかもしれない。

ぼくは、ラムネを一気に半分ほどのみほした。そして、これで怪談の調査にきたんじゃなかったら気持ちいいのになあ、と思っていると、

「あ」

園田さんがなにかに気づいたように席を立って、またすぐにもどってきた。その手には、黄金色をした石のかけらのようなものが、ふたつのせられている。

「ご自由にお食べください、だって」

どうやら、試食用の幽霊あめのようだ。

ぼくたちは同時に口にほうりこんだ。

甘さの中に、ツンと鼻をしげきするようなかおりを感じる。

あめを口の中でころがして、じっくりあじわっていると、とつぜんガラガラガラと大きな音をたてて、ガラス戸がひらいた。

顔をむけると、店の入り口にぼくたちと同じか、少し年上に見える女の子が、思いつめたような表情で立っていた。膝までのジーンズに、上はあざやかな黄色のタンクトップ。頭にはつばの小さな麦わら帽をかぶっている。

「いらっしゃい」

おばあさんが声をかける。女の子は、ぼくたちにチラッと目をむけると、すぐにおばあさんにむきなおって、

「幽霊あめ、ください」

といった。そして、お金をはらってあめをうけとると、ぼくたちの方にもういちど、うかがうような視線をむけてから、足早に

店をでていった。

女の子のすがたが消えると、園田さんは大きく息をはきだして、ほほえんだ。

「なんか、緊張しちゃったね」

ぼくもうなずいた。あめを買いにきただけにしては、ずいぶんと真剣な雰囲気だった。

「ねえ、わたしたちも買おうよ」

園田さんはラムネをのみほして、レジにむかった。

レジの横には、のぼりと同じ赤地に黒で〈幽霊あめ〉と書かれた小箱がつんである。園田さんはそのうちのひとつを手にとると、

「これって、本物の幽霊あめなんですか？」

とおばあさんにきいた。

「ええ、そうですよ」

おばあさんがニコニコしながら話してくれたところによると、このあたりは昔から、山ごえをする旅人の通り道になっていて、このお店もそのころから、旅人が足を休めるためのお茶屋さんとして営業していたらしい。

お店では、お茶やおだんごだけではなく、あめやちょっとしたお菓子なんかもあつかっていたんだけど、ある日、夜ふけに戸をたたく音がして……。

そこから先は、山岸さんが語ってくれた子育て幽霊の話と同じだった。

「それじゃあやっぱり、ほんとうにあった話なんですね？」

はずんだ声をあげる園田さんのとなりで、ぼくはこっそりためいきをついた。ほんとうにあったということは、山岸さんの調査対象になるということだ。

まあ、今回はふみきりのときとはちがって昔の話だし、赤ちゃんが助けだされた時点でお母さんの幽霊は成仏してるわけだから、怖い目にあうことはないと思うけど……。

結局、ぼくは幽霊あめを一箱、園田さんは二箱買うと、おばあさんにお寺の場所をきいてから、お店をあとにした。

セミの声につつまれながら、山道をさらに進むと、おばあさんに教えてもらったとおり、細くて急なのぼり坂が右手にあらわれた。道は山肌にそうようにして、山の上へとつづいている。

ぼくたちは背の高い夏草をかきわけながら、急な坂をのぼった。

こんな山奥に、ほんとうにお寺なんかあるのかなと不安になりながら進んでいくと、とつぜん視界がひらけて、目の前に小さいけれどりっぱな門が現れた。

中をのぞきこむと、境内に人かげはなく、強いひざしが白いじゃりにふりそそいでいる。

「だれもいないのかな？」

ぼくがつぶやくと、

「入ってみよっか」

園田さんがそういって、門のしきいをまたいだ。

境内には石だたみが、本堂にむかってまっすぐしかれている。

ぼくは、家からデジタルカメラをもってきていたことを思いだして、境内全体をうつした。これで、お寺にきたことの証拠になる。

本堂をぐるりとまわりこむと、うら手にこじんまりとした墓地があって、赤茶色をした作業用の着物——作務衣というらしい——を着たお坊さんが、草むしりをしていた。

お坊さんは、ぼくたちに気づくと立ちあがり、首にかけたタオルで額の汗をふきながらいった。

「なにか？」

ぼくが、なんてきりだそうかと考えていると、

「あの……子育て幽霊の話なんですけど……」

園田さんが一歩前に進みでた。

「あれって、ほんとうにあった話なんですか？」

「ああ、あの話ね……」

お坊さんは、ぼくたちの顔を見くらべると、

「うーん……いちおう、ぼくのおじいさんが、そのときの赤んぼうだったという話はきかされているけどね」

そういって、ちょっとこまったようにほほえんだ。そして、

「なにしろ、昔の話だから……よかったら、お墓を見にいくかい？」

そういうと、ぼくたちの返事を待たずに歩きだした。

あわててあとについていくと、お坊さんは墓地の一番奥にある、ひときわ古そうな墓石の前で足をとめた。

「こちらですか？」

少し緊張した声で園田さんがきく。お坊さんは小さくうなずいた。

「少なくとも、ぼくのひいおばあさんがここにねむっていることはまちがいないよ」

園田さんは、お墓の前にしゃがみこんで、さっき買った幽霊あめを一箱、お墓の前に置くと、手をあわせて目を閉じた。

山岸さんには霊媒体質といわれているけど、ぼくはべつになにかを感じたり、とくべつな能力をつかえたりするわけじゃない。

だから、このお墓に埋葬された女の人が、じっさいに幽霊になってあめを買いにいったのかどうかはわからない。

ただ、もしほんとうにおさない子どもをのこして死ななければならなかったのだとしたら、きっと無念だっただろうな——そう思いながら、ぼくも園田さんのとなりでそっと手をあわせた。

お坊さんにお礼をいって、お寺をあとにしたぼくたちは、幽霊あめをなめながら湖にもどった。

太陽の光を反射する湖面にカメラをかまえたぼくは、気になるものを見つけて、カメラをそちらにむけた。

湖のほとりに小さなほこらのようなものがあって、その前に見おぼえのある女の子が、真剣な顔でたたずんでいるのが見えたのだ。

「あの子……」

園田さんがとなりでつぶやく。

それは、さっきお茶屋さんで幽霊あめを買っていった、あの女の子だった。

なにをしてるんだろう、と思ってズームアップすると、むこうもこちらに気づいたらしく、カメラをまっすぐに見つめかえしてきた。

反射的にシャッターをおす。

すると、女の子は早足で、ぼくたちの方に近づいてきた。

勝手にカメラをむけたことを怒ってるのかな、と思っていると、

「さっき、あのお店にいたよね？」

女の子は幽霊あめの箱を手に、すがるような目できいてきた。ぼくたちがうなずくと、

「それじゃあ、もしかしてあなたたちも、あいたい人がいるの？」

そういって、手の中の箱をぎゅっとにぎりしめた。

「どういうこと？」

園田さんが首をかしげてたずねる。

「だって、このあめをなめたら、死んだ人にあえるんでしょ？」

女の子の言葉に、ぼくと園田さんは顔を見あわせた。


湖から少しはなれた木かげに、丸太のベンチがある。ぼくたちはそこに移動して、自己紹介をかわした。

女の子は、多々良小とは校区がとなりの吉見小の六年生で、浜野一葉と名のった。

一葉さんの話によると、吉見小では『幽霊あめをなめたら幽霊が見える』という噂があ

るらしい。

「幽霊を見たいの？」

ぼくがおどろいてきくと、一葉さんはぶんぶんと首を横にふった。

「幽霊が見たいんじゃなくて、お母さんにあいたいの」

そして、一葉さんはときおり声をつまらせながら、事情を話してくれた。

ひとりっ子の一葉さんは、お父さんとお母さんの三人でくらしていた。

お父さんは仕事がいそがしくて、土日もいないことが多かったけど、そのぶんお母さんが遊んでくれたので、全然さびしくなかった。

ところが、ある日曜日のこと。一葉さんがお母さんといっしょにこの湖でボートにのっていると、とつぜん一ぴきのへびが近づいてきた。

「へびっておよげるの？」

話のとちゅうで、園田さんが悲鳴のような声をあげた。

「およげるよ」

ぼくはいった。前にテレビで見たことあるけど、けっこう器用におよげるらしい。

とにかく、それでパニックになった一葉さんは、ボートの上ということもわすれて、いきおいよく立ちあがってしまった。

バランスをくずしたボートは、そのままひっくりかえって――

「そのあとのことは、よくおぼえてないの。気がついたら、お母さんがどこにもいなくて……だれにきいても教えてくれないし……」

目もとにふくれあがったなみだが、ツーッとほおをながれ落ちる。

たぶん、一葉さんのお母さんは、湖でおぼれて亡くなってしまったのだろう。

だけど、ボートがひっくりかえった原因が一葉さんにあるので、まわりの人もそのことをいいだせずにいるのだ。

「ねえ……」

園田さんがぼくの腕をつかんだ。

「協力してあげようよ」

「協力？」

「うん。わたしたちも、一葉さんのお母さんをいっしょにさがすの」

「でも、一葉さんのお母さんが亡くなってるとはかぎらないだろ」

ぼくの言葉に首をふったのは、一葉さんだった。

「いいの。たぶん、お母さんはもういないんだと思う。わたしはただ、幽霊でもいいから、お母さんにあいたいの」

ふたりの女の子に見つめられて、ぼくはしぶしぶうなずいた。

「わかったよ。それじゃあ、手わけしてさがそう」

一葉さんのお母さんは、最後にボートにのったとき、白いワンピースを着ていたらしい。

ぼくたちは、幽霊あめをなめながら、湖のまわりを歩きまわった。

ぼくと園田さんは、一葉さんのお母さんの顔を知らなかったけど、湖にきてる人はほとんどが友だち同士か親子づれかカップルなので、ひとりでいる人はそれだけで目立つ。

だけど、いくらさがしても、それらしい人を見つけることはできなかった。

しばらくして、暑さのせいか、園田さんの気分が悪くなったので、ぼくたちは先に帰ることにした。

「ごめんね」

青い顔であやまる園田さんに、一葉さんは申しわけなさそうに首をふった。

「こちらこそ、ごめんなさい。あとはひとりでさがすからだいじょうぶ。ありがとう」

明るく手をふりながら、湖にもどる一葉さんとわかれて、ぼくたちは駐輪場へとむかった。


「──それで、こうなったんだね？」

山岸さんの言葉に、ぼくは肩をすぼめて「はい……」とうなずいた。

たたみの上には幽霊あめの小箱が置かれている。だけど、中身はからっぽだった。一葉さんのお母さんをさがすために、食べきってしまったのだ。

園田さんを家まで送ってから帰ってきたぼくは、報告のために山岸さんをたずねていた。

ぼくの話をうなずきながらきいていた山岸さんは、話をきき終わると、さっきのせりふを口にしたのだった。

「すいません。帰りにもう一回、買いにいこうと思ったんですけど……」

園田さんの体調が心配で、そのよゆうがなかったんです、というと、

「そんなことはかまわないよ。大変だったね」

山岸さんはにっこり笑った。そして、

「それより、さっき話してた、幽霊あめのもうひとつの噂の方が興味ぶかいね」

そういうと、スッと立ちあがって、壁をうめつくしている本だなから一冊のノートをとりだした。

それはずいぶんつかいこまれた大学ノートで、表紙には『多々良市　怪談記録帳』の文字が読める。

「なんですか、そのノート」

「取材ノートだよ。取材でしいれた怪談を、ここに書きとめているんだ」

座りなおして、ぱらぱらとノートをめくっていた山岸さんは、中ほどにきたところで「ああ、これかな」と手をとめた。

「『幽霊あめをなめると、幽霊が見えるようになるらしい』

なんだ、これだけしか書いてないな――おや？」

山岸さんはノートから顔をあげると、笑みをふくんだ目でぼくを見た。

「どうしたんですか?」

「いや……ちょうどつぎのページに、湖の怪談がのってたんだけどね……」

『びしょぬれ幽霊』

昼すぎからふりだした雨は、夜になってもぼそぼそとふりつづいていた。

そんな天気の中、多々良市内を走っていた一台のタクシーが、交差点の手前でひとりの女性をのせた。

後部座席に座る女性のすがたを見て、運転手は顔をしかめた。

雨の中、かさもささずに立っていたせいか、長い黒髪も白いワンピースもしっとりとぬれていたのだ。

（座席をぬらされたらこまるなあ）

運転手はそう思ったが、この雨の中、乗車拒否をするわけにもいかない。

しかたなく車をスタートさせながら、

「どちらまで？」

とたずねると、

「御野辺湖までお願いします」

女性はか細い、消え入るような声でいった。

その声といき先に、運転手はゾッとした。

御野辺湖は、山の上にある小さな湖で、昼間はにぎわっているが、陽がくれるとほとんど人はいなくなる。しかも、こんな天気にたったひとりで、なにをしにいくのだろう。

それでも、世の中にはものずきな人間もいるので、運転手はいわれたとおり、湖にむかって車を走らせた。

山の中に入ると、道はどんどんさびしくなって、すれちがう車もほとんどない。

女性はいき先をつげたあとは、うつむいたままひとこともしゃべらず、車内には雨の音だけがひびいていた。

　そんな中、
　ぽた……ぽた……

　かすかにきこえてきた水音に、運転手がチラッとバックミラーに目をやると、女性の長い髪から、雨のしずくが足もとにぽたりぽたりと落ちるのが見えた。

　ぽた……ぽた……ぽた……

　運転手はふと、不審に思った。雨にぬれただけにしては、ぬれ方がひどすぎる。なにしろ、足もとに大きな水たまりができているほどなのだ。

　ぽたぽた……ちゃぷ……ぽたぽた……

　沈黙と水の音にたえきれなくなって、運転手は口をひらいた。

「あの……さむくないですか？」

　しかし、返事はかえってこない。ねているのかな、と思ってふりかえった運転手は、ヒッとのどの奥で悲鳴をあげた。

　うつむいてたれさがる黒髪の間から、女性がじっとこちらをにらんでいたのだ。

しかも、女性の足もとには、足首までつかるほど水がたまっている。

「うわぁっ！」

女性から目をそらすように、前をむいた運転手は、すぐ目の前に山はだがせまっているのを見て、こんどははっきりと声にだして悲鳴をあげた。

あわててブレーキをふみながらハンドルをきる。

車ははげしくタイヤをきしませて、なんとかぶつからずに、もとの道にもどった。

運転手は大きく息をはきだして、ハンドルをにぎりしめると、そのまま湖にむかった。

もう山頂の近くまできていたので、ここまできたら町にもどるより、湖までいってしまって、女性をおろした方がいいと思ったのだ。

水は後部座席からあふれだし、運転席の足もとまでながれこんでいる。

運転手はぐんとアクセルをふみこんだ。

水がゆれて、ちゃぷちゃぷと音がする。

いくらずぶぬれの客がのっているからといって、ここまで水がたまるわけがない。

運転手は、もううしろの座席には目もくれず、ただ前だけをむいて必死で運転した。

水はどんどんふえて、湖の手前まできたときには、すでに運転手の腰のあたりまで水につかっていた。

急に目の前がひらけて、暗い湖面が現れる。

運転手はあわててブレーキをふんだが、足もとにたまった水の圧力で、なかなか最後までふみこめない。

車は少しずつスピードを落としながら、なんとか前輪が湖に落ちかけたところでとまった。

車がとまったことで、やっと冷静さをとりもどした運転手が、水をだすためにドアをあけようとしたとき、

「だめよ」

うしろから声がきこえてきた。

「湖まで、っていったでしょ」

女性がにやりと笑って、身を乗りだしてくる。運転手は悲鳴をあげながら、女性から少しでも遠ざろうと、ハンドルにしがみついた。

その拍子に、ブレーキをふんでいた足がはなれ、ほんの一瞬、アクセルにふれた。

その一瞬で、車は大きく前進して、ぐらりと大きくゆれると、そのまま湖の中へとしずみこんでいった。


「——後日、湖から引きあげられた車の中には、運転手の遺体だけがのこされていたそうだ」

山岸さんは、話をしめくくって、ノートをパタンと閉じた。

「その女の人は、なにかうらみをのこしたまま湖で亡くなったんですか？」

「さあ……そのへんはよくわからないんだ。くわしく調べれば、もっと事情がわかるかもしれないけど……」

山岸さんがチラッとぼくの顔を見る。

「いや、いいです」

ぼくはあわてて首をふった。調査になったら、ぼくの仕事がふえるだけだ。

「その一葉っていう子のお母さんも、湖で亡くなってるんだよね？」

山岸さんはあごをなでながら、天井を見あげた。

「たしか、少し前に、そんな事故があったような気が……」

考えてみれば、一週間前にひっこしてきたぼくよりも、るすがちとはいえ、長年住んでいる山岸さんの方が町のできごとにはくわしいはずだ。

「それじゃあ、さっそく現地調査にいこうか」

山岸さんは、うきうきとした調子でそんなことをいいだした。

「え？　なんの調査ですか？」

「決まってるじゃないか。その一葉さんの怪談を調査しにいくんだよ」

「はあ……」

たしかに一葉さんは、お母さんの幽霊とあいたがっているけど、べつに怪談ってわけじゃないと思う。

でも、こういうことの専門家の山岸さんがきてくれるのは心強かった。

「わかりました。いまからですか？」

「いや、このあとはちょっと用事があるから……そうだな。六時半に家の前で待っててくれたら、むかえにいくよ」

「六時半ですか？」

いやに中途半端（ちゅうとはんぱ）だな、と思いながらききかえすと、

「うん」

山岸さんはうなずいて、ニヤリと笑った。

「いまの季節だったら、その時間に出発すれば、ちょうど黄昏時（たそがれどき）に湖につくしね。知ってるかい？　黄昏時は、不思議なことにであうから、逢魔（おうま）が時（とき）ともよばれているんだよ」


「この車、どうしたんですか？」

家の門をでたところで、ぼくは声をあげた。

目の前に、まっ黄色の丸っこい車がとまっていたのだ。

「ぼくの車だよ」

山岸さんは運転席から手をのばして、助手席のドアをあけると、ぼくを手まねきした。

「さあ、のって」

「山岸さん、免許もってたんですか？」

ぼくがシートベルトをしながらきくと、

「あたりまえだろ。日本全国、取材で走りまわってるんだから、車ぐらいのれなくてどうするんだい」

山岸さんはそういって、アクセルをぐいとふみこんだ。

車が大きくゆれながら発進する。

ニャオ、という声がきこえたのでふりか

えると、例の黒ネコが後部座席にちょこんと座っていた。

それにしても、着物で運転する人なんて、はじめて見た。

意外なことにのり心地は快適で、山を大きくまわりこんで到着したときには、ちょうど湖のむこうに夕陽がしずもうとしているところだった。

青くすきとおっていた空が、筆でなでたように、オレンジ色にそまっている。

ガランとした駐車場にとめて車をおりると、昼間はあれだけにぎわっていた湖のまわりも、いまは閑散としていて、屋台もほとんど店じまいしていた。

「あれ？」

ぼくは、昼間のベンチに腰かけて、じっと夕陽をながめている一葉さんのすがたに気がついた。

「一葉さん」

ぼくが声をかけると、一葉さんはこちらをむいた。

「もしかして、あれからずっとさがしてたの？」

一葉さんは無言でうなずくと、手にしていた幽霊あめの箱をあけて見せた。

箱はからっぽだった。

「お母さんが、どこにもいないの……」

一葉さんは、今にも泣きだしそうな顔でいった。

「ねえ。もしかして、お母さん、死んでないんじゃない？」

ぼくは思いついたことを口にした。

おぼれていたところを助けられたお母さんは、命は助かったけど、危険な状態がつづいていて、病院の集中治療室みたいなところで治療をうけている。

まだ助かるかどうかわからないので、一葉さんにはあえてだまっているのだ。

もしそうなら、死んではいないのだから、幽霊あめで見えなくても不思議はない。

だけど、一葉さんはブンブンと首をふって、

「もう、お母さんとはあえないような気がするの……」

消え入るような声でつぶやいた。

ぼくは山岸さんに助けをもとめた。

「山岸さん、一葉さんのお母さんがどこにいるか、わかりませんか？」

「まさか」

山岸さんは肩をすくめた。

「ぼくは千里眼じゃないんだよ」

山岸さんなら千里眼ぐらいつかえそうな気がするけど、もしつかえたとしても、本人がその気にならなければ、ぜったいにつかってくれないだろう。

幽霊あめはもうないので、ぼくは大きく深呼吸をすると、目に力をこめて湖のまわりを見まわした。

ぼくにほんとうに霊感があるのなら、あめの力がなくても幽霊が見えるはずだ。

だけど、陽のしずもうとしている湖のほとりにいるのは、帰りじたくをしている家族づれや、手をつないで歩いているカップルくらいで、一葉さんのお母さんらしきすがたはどこにも見えなかった。

「ねえ……」

一葉さんが、ぼくの肩をたたいて、低い声でいった。

「わたしといっしょに、ボートにのってくれない？」

「え？」

「もしかしたら、お母さんは湖にいるのかもしれない」

たしかに、もし一葉さんのお母さんが湖で命を落としたのなら、お母さんの幽霊が湖にでてもおかしくない。

「それに……」

一葉さんは顔をしかめて頭をおさえながらつづけた。

「わたし、なにか大事なことをわすれているような気がするの。ボートにのれば、それを思いだせるかも……」

「でも……」

ぼくはボート乗り場の方に目をやった。乗り場の前の注意書きには、

〈小学生以下のお子さまは、かならず保護者のつきそいが必要になります〉

と太字で大きく書かれてある。

山岸さんは、たしかにおとなだけど、保護してくれそうにはないよなあ……などと考えていると、

「ぼくが借りてきてあげるよ」

山岸さんが、なぜかいそいそとボート乗り場にむかった。そして、管理人さんと二言、三言話をすると、すぐにもどってきて、うれしそうにいった。

「ほんとうはもう終わりの時間だけど、少しぐらいならのってもいいってさ」

山岸さんの妙に協力的な態度は気になったけど、ここまできたら、のらないわけにはいかない。

ぼくたちは、乗り場にむかった。

まっ白にぬられたボートの横腹には、大きく〈4〉と書かれている。

木でできた桟橋から、最初にぼくが、つづいて一葉さんがボートにのりこんだ。

山岸さんのすがたがないので見まわすと、乗り場の横で、管理人さんとなにやら話しこんでいる。

なにを話してるんだろう、と思っていると、とつぜん、がくんと足もとが大きくゆれて、ぼくはあわててしゃがみこんだ。

山岸さんが、急に遠ざかっていく。いや、ぼくたちが岸から遠ざかっているのだ。

「一葉さん」

ボートと桟橋をつないでいたロープをといて、オールで桟橋をつきとばす一葉さんに、ぼくは声をかけた。

「待って。まだ山岸さんがのってないよ」

「わたし、あの人きらい」

一葉さんは、すねたような顔をしていった。

乗り場では、管理人さんがあわてた様子でこちらにむかってなにかさけんでいる。そのとなりで山岸さんは、自分とべつのボートを交互にゆびさしていた。

どうやら、自分がべつのボートで追いかけましょうか、といっているようだ。

そんなやりとりの間にも、ボートはどんどん岸からはなれていく。

前の学校で着衣水泳の授業があったから、服を着たままでもなんとか泳げるとは思うけど、プールと湖はちがうだろうし、もし一葉さんが泳げなかったりしたら、助けられるかどうか自信がない。

ボートは、オールでこいでるわけでもないのに、まっすぐ湖の中央にむかっていた。

（早くもどらなきゃ）

一葉さんの足もとにころがっているオールに手をのばそうとしたぼくは、ぽたりと落ちてきた水てきに顔をあげて、動きをとめた。

一葉さんが、まるで頭から水をかぶったみたいにずぶぬれになっていたのだ。

髪の先から、ぽたりぽたりとしずくが落ちる。

一瞬、大きな波でもかぶったのかと思ったけど、それならぼくもぬれていないとおかしいし、第一、湖にそんな大きな波がくるわけがない。

「か、一葉さ……」

ぼくは一葉さんに声をかけようとしたけど、のどにひっかかって、うまく声がでない。

一葉さんは、ゆっくりとこちらをむいた。そして、泣きそうな顔で、

「ごめんね、浩介くん」

といった。

その間も、一葉さんのからだからは、ぼたぼたと水が落ちて、ボートの中にたまっていく。

ぼくが、水を両手ですくいだそうとしていると、

「わたし、思いだしたの」

一葉さんはそういって、ぼくに顔を近づけた。

「思いだしたって、なにを?」

ぼくは手をとめてきいた。

「おぼれて死んだのは、お母さんじゃなくて、わたしの方」

一葉さんはか細い声で、歌うようにいった。

「お母さんとふたりでボートにのってたら、急にへびがおよいできて……わたし、にげようとして、ボートから落ちちゃったの。お母さんはわたしを助けようとして、湖にとびこんだんだけど……」

「お母さんは、どうなったの?」

「わからない」

一葉さんは、ふるふると首をふった。髪の先から水しぶきが、びしゃびしゃとはねる。

「幽霊あめをなめても見えないっていうことは、お母さんは助かったの? それとも、どこかべつのところにいってしまったの?」

一葉さんは、泣いているようだった。だけど、からだ中からどんどん水がふきだしているので、どこまでが涙で、どこまでが湖の水なのかわからない。

水は、もうボートの半分くらいのところまでたまっていて、少し体重を移動するだけで、簡単にひっくりかえりそうだった。

「一葉さん、落ちついて」

ぼくは両手を前にだした。

すると、一葉さんはぼくの手をつかんで、ぎゅっと力をこめた。

その手はまるで、氷のようにひんやりとしていた。

「お母さんがいないと、さびしいの。浩介くん、いっしょにきてくれる？」

一葉さんは、地の底からひびいてくるような、暗い声でいった。

水にぬれた前髪の間から、泣きそうな目がぼくをジトッと見つめている。

ぼくは一葉さんの手をふりはらおうとしたけど、足もとが不安定で、うまくふんばれない。

「一葉さん、だめだよ。そんなことしたら……」

「そんなことしたら、悪霊になっちゃうよ」

とつぜん、湖の上から声がかさなった。ふりかえると、いつのまにかべつのボートにのった山岸さんが、すぐそばまでやってきていた。

「悪霊……？」

一葉さんは、ぼくの手をつかんだまま、不安そうに首をかしげた。

「うん。生きてる人間をひきこんだ幽霊は、悪霊になってしまうんだ」

山岸さんは恐ろしいことを、さわやかな笑顔でいった。

「お母さんが亡くなっているのか、それとも助かったのか、それはわからない。だけど、かりに亡くなっていたとしても、お母さんは悪霊になってると思うかい？」

一葉さんは、ほんの一瞬考えてから、いやいやをするように首をふった。

「思わない」

「だったら、一葉さんが悪霊になっちゃったら、お母さんに二度とあえなくなるよ。いや、それより、お母さんが悲しむんじゃないかな」

「悲しむ……？」

「うん。きっと悲しむと思うよ」

山岸さんと言葉をかわしているうちに、一葉さんの様子に変化がでてきた。

とめどなくあふれだしていた水のいきおいが、じょじょに弱まって、顔つきもおだやかな、もとの一葉さんにもどってきたのだ。

「お母さんを悲しませたくないよね？」

山岸さんの言葉に、一葉さんはこくりとうなずいた。

「それじゃあ、ちゃんといるべき場所にもどらなきゃ」

そのとき、山からふきおろしてきた強い風に、ボートが少しゆれた。

水が大量にたまっていたボートには、そのていどのゆれでも致命的だったらしく、かたむいた側のへりから、一気に水がながれこんできた。

「こっちにのって」

山岸さんが身をのりだして、ぼくの手をつかんだ。そして、ぐいっとひっぱると、ぼくは宙をとぶようにして、山岸さんのボートにころがりこんだ。

「あいてててて……」

からだ中を強くうって、一瞬息がとまったぼくが、ようやく顔をあげたときには、さっきまでぼくがのっていたボートが、水の中にしずんでいくところだった。

「一葉さん！」

ぼくはボートのへりをつかんでさけんだ。

そして、目の前の光景に、言葉をうしなった。

ボートといっしょにしずんだはずの一葉さんが、湖面に立って、さびしそうにこちらを見つめていたのだ。

ぼくがぼうぜんとしていると、一葉さんのすがたはじょじょにうすれていって、やがて完全に見えなくなった。

「さあ、帰ろうか」

山岸さんがゆっくりと、岸にむかってボートをこぎだす。

管理人さんが、桟橋からこちらをゆびさして、しきりになにかさけんでいるのが見えた。

ぼくは山岸さんに声をかけた。

「一葉さんがもどらなかったら、管理人さんが警察とかレスキュー隊をよんじゃうんじゃないですか?」

「だいじょうぶだよ」

山岸さんは器用にオールをあやつりながらいった。

「管理人さんは、もともと、浩介くんがひとりでボートにのっていっちゃったってさわいでたんだから」

「え……」

「最初から見えてなかったんだよ。ぼくたち以外の、だれにもね」

「でも、園田さんは……」

園田さんは一葉さんのことが見えていたし、会話もかわしていた。だけど、

「幽霊あめをなめてただろ?」

山岸さんのせりふに、ぼくは「あ」と声をあげた。

たしかに園田さんが一葉さんとあっていたときは、いつも幽霊あめをなめていた。

「それに」と、山岸さんはつづけた。

「あめをなめてなくても、浩介くんといっしょにいれば、多少霊感のある子なら、見えるんじゃないかな」

桟橋にもどると、山岸さんのいうとおり、管理人さんは一葉さんのことにはひとこともふれず、ボートがしずんでしまったことだけをさわいでいた。

それも、山岸さんが反対に「しずむようなボートにのせるとはなにごとだ」と怒ることで、いつのまにか管理人さんがあやまって、山岸さんがゆるしてあげる、という展開になっていた。

こういうところは、ほんとうにたよりになる人だ。

ぼくはびしょびしょになったズボンのすそをしぼりながら、湖面に目をむけた。

夕陽でオレンジにそまった湖は、山からの風にわずかに表面を波立たせているばかりで、ボートがどこにしずんだのかも、すでにわからなくなっていた。

翌日は、朝から雲ひとつない青空がひろがっていた。

駐車場に車をとめて、湖に足をむけると、湖のまわりはたくさんのお店やお客さんでにぎわっていた。

山岸さんはそんな光景を目を細めてながめながら、湖をまわりこむようにして歩きだした。

そして、ボート乗り場から少しはなれたところで、とつぜん足をとめた。

どうしたんだろう、と前を見ると、湖のほとりに小さなほこらがあって、中にはかわいらしいお地蔵さまが立っていた。お地蔵さまの足もとには、お菓子やジュースやアクセサリーが、山のようにつまれている。

ほこらの前では白いワンピースを着た女の人が、しゃがみこんで、じっと両手をあわせていた。

山岸さんは、ただだまって、その様子を見まもっていた。

しばらくして、顔をあげた女の人が、ぼくたちの気配に気づいて、こちらをふりかえった。

その顔を見て、ぼくは、あっ、と思った。

「あの……もしかして、一葉さんのお母さんですか？」

「はい、そうですけど……」

お母さんは、不思議そうにぼくを見た。

「一葉のお友だち？」

「えっと、あの……はい、そうです」

ぼくはきっぱりとうなずいた。一日だけのつきあいだったけど、いろいろおしゃべりもしたし、いっしょにボートにものったし、きっと友だちだ。

「そうですか」

お母さんはうれしそうにほほえんで、チラッと山岸さんに目をやった。

「今日はお父さんと遊びにきたの？」

「え……いや……」

ぼくが口ごもっていると、

「たしか、今日が……」

山岸さんはお地蔵さまに目をむけながら、きいたことのないようなやさしい声でいった。

「はい」と、お母さんもお地蔵さまをふりかえった。

「あの子の――一葉の命日です」

え？　とぼくは心の中で声をあげた。今日が命日ということは、もしかして、一葉さんが亡くなったのは一年前ってこと？

ぼくのとまどいに気づく様子もなく、お母さんはといきをついてつづけた。

「あの事故から、もう一年になりますが、一葉がいなくなってしまったことが、いまだに信じられないんです。いまでも、ある日とつぜん『ただいま』といって帰ってくるような気がして……」

目に涙をうかべるお母さんに、ぼくがなにもいえずにいると、

「これは、一葉さんのお友だちが？」

山岸さんがきいた。お母さんはうなずいて、お地蔵さまと、その前につみあげられたおそなえものをいとおしげに見つめた。

「学校のお友だちです。いまでもたまに、遊びにきてくれるんですよ。運動会のときはだれが一番だったとか、始業式にはだれとだれが同じクラスになったとか、一葉に報告しにきてくれて……」

涙がみるみるふくれあがる。

「あ、あの……」

ぼくはバッグの中から、ゆうべ、家のプリンターでプリントアウトした写真をとりだした。

「これ……去年、ここでとった写真です。今日は、これをお地蔵さまにおそなえしようと思ってもってきたんですけど、もしよかったら……」

それは、昨日、ぐうぜんシャッターをきった写真だった。

一葉さんがほこらのそばで、こちらをふりかえっている。記憶の中では、どちらかというと暗い表情をしていたことが多かったんだけど、写真の中の一葉さんは、明るく笑っていた。

お母さんは写真を見て、一瞬、信じられないものでも見たように目を見ひらいたけど、すぐにおだやかな笑顔をうかべて、

「ありがとう。大事にするわね」

そういって、写真をそっと、胸にあてた。

「一葉(かずは)さんのお母さん、写真を見て、どうしてあんなにおどろいてたんでしょう」

山岸(やまぎし)さんのあとについて、お茶屋さんへとむかう山道を歩きながら、ぼくがつぶやくと、

「だって、ありえない写真だからね」

山岸さんはあっさりとこたえた。

「ありえない写真？」

たしかにあれは心霊(しんれい)写真かもしれないけど、べつに一葉さんのからだがすけているわけでも、宙(ちゅう)にういているわけでもない。パッと見ただけでは、わからないはずだ。だけど、
山岸さんは肩(かた)をすくめて、

「あの写真には、さっきのほこらがうつってただろ？　あれは一葉ちゃんのご両親が、彼女(かのじょ)が亡(な)くなってから、同じような事故(じこ)が起きませんように、という願いをこめて建てたものなんだから、一葉ちゃんといっしょに写真にうつることはありえないんだよ」

「そうだったんですか」

おどろきながらも、ぼくは同時に、あることに気づいていた。

「山岸さん、一葉さんが幽霊だって、はじめからわかってたんでしょ」

しかし、山岸さんはいつもの調子でにやりと笑って、「まさか」といった。

「ぼくも、昨日きみたちがボートにのってから気づいたんだよ。もし知ってたら、湖でおぼれて亡くなって、さびしくてなかまをほしがってる幽霊とふたりきりでボートにのせるなんて、そんなあぶない目にあわせるわけがないじゃないか。それに、最後はちゃんと助けにいってあげただろ?」

心のこもっていないせりふをききながら、これは完全に知ってたな、とぼくは思った。たぶん、怪談を確実に目撃するために、ぎりぎりまでだまっていたのだろう。

だけど、結局は助けてもらったので、ぼくはそれ以上なにもいわずに山道を歩いた。

しばらく歩くと、あのお茶屋さんが現れた。

今日はあのはでなのぼりもなく、とびらもかたく閉ざされている。

入り口のガラス戸から中をのぞきこんでも、あのおばあさんのすがたはない。それどころか、おみやげ物がならんでいたたなもからっぽで、もう何年も営業してないみたいにガランとしていた。

「――幽霊あめって、いったいなんだったんですか？」

昨日、園田さんと飲んだラムネの味を思いだしながら、ぼくはつぶやいた。

「ひとことでいうと、現世への未練を形にしたものかな」

山岸さんは、ガラス戸に手をかけながらいった。戸はギシギシと音を立てるだけで、ひらく気配はない。

「この世におさない赤んぼうをのこしていかなければならない――そんなお母さんの未練がかたまったものが、幽霊あめなんだ。だから、生きている者がなめても、多少霊感が強まるくらいだろうけど、現世に未練をのこしている幽霊がなめたりしたら、現世への執着が強まって、生きてる人間をむこうにつれていこうとするんじゃないかな」

山岸さんの言葉に、少し考えてから、ぼくはうなずいた。

この世への執着が強まると、生きている人をつれていきたくなるという山岸さんの言葉が正しいのかどうか、ぼくにはわからない。ただ、あのとき一葉さんがぼくをつれていこうとしたのは幽霊あめのせいだった、という考え方は気に入ったので、ぼくはそう思うことにした。

お茶屋さんをあとにしたぼくたちは、さらに山道を進んで、あのわかれ道のところまでやってきた。

背の高い夏草をかきわけて、たどりついた先には——

完全にくちはてたお寺があった。

門はかたむき、本堂の屋根ははがれ、まっ白なじゃりがしきつめられていた境内には、いちめんに雑草がおいしげっている。

「そんな……」

ぼくは昨日とった境内の写真をとりだして、目の前の光景と見くらべた。何年どころか、人が住まなくなって、何十年もたっていそうなあれ方だ。

「まあ、そうだろうね」

山岸さんが、はじめから予想していたように、平然と口をひらいた。

「そのお坊さんのおじいさんが、幽霊あめの赤んぼうだったというんだろ？　それがほんとうだとしたら、お坊さんが三十歳くらいだったとして、そのおじいさんが生まれたのがいまからせいぜい百年前。子育て幽霊の舞台は江戸時代なんだから、少なくとも百五十年以上は昔の話だ。つまり、きみたちがおとずれたのは、五十年以上前のお寺なんだよ」

「はあ……」

ぽかんと口をあけているぼくに、

「きっと、浩介くんの霊媒体質が引きよせたんだろうね」

山岸さんは、自分の言葉に自分で納得して、うんうんとうなずいている。

だけど、ほんとうにぼくのせいだろうか。

今回、ここに調査にいくよう依頼してきたのは、山岸さんなのだ。

ぼくの霊媒体質とは関係なく、なにかの理由でお茶屋さんやお寺が復活してることを知った山岸さんが、ぼくをさしむけたんじゃないだろうか。

そんなことを考えながら、山岸さんの横顔をじっと見ていると、

「ざんねんだけど、これじゃあ確認したことにはならないな」

山岸さんはそういって、どこからか、あの百物語の本をとりだした。

そして、後半のページをひらくと、手をのばして前にさしだした。

山の方から風がふいてきて、たき火のあとの灰のような、黒くて小さなものが本からと

びちる。

「え？」

ぼくは反射的（はんしゃてき）に手をのばして、その黒いものをつかみとった。

顔の前で、そっと手をひらく。すると、てのひらの上で〈あめ〉という文字が、うねうねと身（み）をよじるようにしてうごいていた。

「うわっ！」

ぼくが思わずほうりだすと、〈あめ〉はこなごなになって、風にふかれて消えていった。

よく見ると、ほかにも〈幽霊（ゆうれい）〉や〈一文銭（いちもんせん）〉、〈墓（はか）〉といった漢字が、風にまっている。

「だからいっただろ？　この本は、本物の怪談（かいだん）しかのせないんだ」

山岸（やまぎし）さんはとんでいく黒い文字たちを、ざんねんそうに見送った。

「それじゃあ……」

「うん。今回は、みとめられなかったみたいだね」

山岸さんはそういうと、さわやかな笑顔（えがお）でぼくの肩（かた）をたたいた。

「つぎは本にみとめてもらえるよう、いっしょにがんばろう」

ぼくはためいきをついて、空を見あげた。
幽霊があめ屋につげた〈ありがとうございます〉の文字が、一瞬目の前にうかんで、すぐに風にちって消えていった。

第三話　見返(みかえ)り橋(ばし)

「これは、友だちの友だちからきいた話なんだけどね……」

園田(そのだ)さんは低い声で話しだした。

公園のまん中に立っているポールのてっぺんの時計は、ちょうど四時をさしている。

ぼくたちは、まだまだ強いひざしをさけて、公園の奥(おく)にある藤(ふじ)だなの下のベンチに、ならんで座(すわ)っていた。

小さな児童(じどう)公園には見わたすかぎり、ぼくたちのほかに人かげはない。

「あそこにすべり台があるでしょ?」

園田さんは、公園の入り口のそばにある、赤と黄色にぬられたすべり台をゆびさした。

「ある女の子が、友だちとこの公園で遊んでたんだけど、夕方になって、みんな帰ってい

っちゃって、気がついたらのこってるのは自分ひとりだけになってたの。それで、最後にあと一回だけすべって帰ろうと思って、階段をのぼると、うしろからだれかがのぼってくる足音がきこえたのね。

あれ？　まだだれかのこってたのかな――そう思ってふりかえったけど、うしろにはだれもいない。

怖くなったその子が、早くすべってしまおうと、前をむいた瞬間――

「ドンッ！」

耳元で大声が爆発して、ぼくはもう少しで、ベンチからすべり落ちるところだった。

「――うしろからつきとばされて、すべり台をころげ落ちたんだって」

胸をおさえて呼吸をととのえるぼくを見て、園田さんはくすくすと笑いながらつづけた。

「それは、〈公園小僧〉っていう妖怪のしわざなの」

「幽霊じゃなくて？」

ぼくがききかえすと、園田さんはうなずいて、

「もともとは、この公園で昔、事故で亡くなった男の子の幽霊だったらしいんだけどね。

その子は生きてるころから、すごいいたずらっ子で、死んでからもいたずらばっかりしてたから、いつのまにか妖怪になっちゃったんだって」

幽霊と妖怪のちがいはよくわからなかったけど、ぼくは「ふーん」とうなずきながら、公園を見まわした。

「それじゃあ、いまもこの公園のどこかに公園小僧がいるかもしれないの？」

「だいじょうぶ。公園小僧は、子どもが公園にひとりでいるときにしかでてこないから」

園田さんはそういったけど、ぼくは安心できなかった。

なにしろ、この町ではなにがおこるかわからないのだ。

そんなぼくの心配をよそに、園田さんは足をぶらぶらさせながら、にっこり笑ってつけくわえた。

「これが、多々良西公園の七不思議のひとつ目」

「え？」

ぼくは意表をつかれて、ぽかんと口をあけた。

「七不思議って……この公園だけで、怪談が七つもあるの？」

「わたしも全部は知らないんだけどね」

園田さんは小さく肩をすくめて口をひらいた。

「ふたつ目は……」


園田さんから、町を案内してあげようかという申し出があったのは、あの幽霊あめの一件から数日後のことだった。

考えてみれば、この町にひっこしてからというもの、右田くんのふみきりや、幽霊あめのお寺といった心霊スポットばかりめぐっていて、ふつうの町というものをあまり見ていなかった。

そこで、ぜひお願いしますと返事をしたら、待ちあわせ場所に指定されたのがこの公園で、あうなりはじまったのがさっきの怪談だったのだ。

前からうすうす気づいてはいたけど、どうやら園田さんは筋金入りの怪談好きらしい。

「――それでね、青いペンキで何回ぬりなおしても、下から暗い赤色が、まるでしみがひろがるみたいにうかびあがってきて……」

園田さんが、〈男の子が落ちて亡くなっていらい、いくらぬりなおしても、血のようなしみがうかびあがってくるジャングルジム〉の話をしていると、

「おーい、園田」

公園の入り口から、園田さんをよぶ声がきこえてきた。

見ると、髪をみじかくかりあげた、からだの大きな男の子が、こっちにむかって手をふっている。

「あ、慎くん」

園田さんがのびあがるようにして、手をふりかえした。

「この暑いのに、なにやってんだよ」

そういいながら近づいてきた男の子は、ぼくのすがたに気づいて、足をとめた。

「だれ?」

ぼくが名のろうとすると、それより先に、園田さんが口をひらいた。

「おぼえてないの?　浩介くんだよ」

「……え？」

慎くんとよばれたその男の子は、眉間にしわをよせてぼくを見たかと思うと、急に大きく目を見ひらいて、

「あっ！」

とぼくにひとさし指をつきつけた。

「お、お、おまえ、こ、こ、浩介じゃないか！」

そのけんまくに、ぼくがあっけにとられていると、

「おぼえてない？　ぱんだ組でいっしょだった狭間慎之介くん」

園田さんが、こんどはぼくにむかってそういった。

「狭間慎之介……」

口の中でつぶやいてみる。記憶のかたすみに、なにかひっかかるものを感じて、そのひっかかりをなんとかつかまえようとしていると、

「なにしにきたんだよ」

慎之介がつめよってきた。

「ひっこしてきたんだよ」

あまりに頭ごなしにいわれるので、さすがにムッとしたぼくがいいかえす。

「ひっこしてきたって……それじゃあ、もしかして……」

慎之介が園田さんの顔を見ると、園田さんはあっさりとうなずいた。

「うん。二学期から、また同級生だよ」

「げ」

慎之介は、のどの奥でカエルがつぶれたような声をだして、そのままじりじりとあとずさった。そして、

「いっとくけど、おれの半径十メートル以内には近づくなよ。わかったな！」

また指をつきつけて、すてぜりふをのこすと、にげるように去っていった。

「──なんだよ、あいつ」

そのうしろすがたをにらみながら、ぼくがつぶやくと、

「まあ、慎くんはあのとき、かなり怖い目にあったみたいだから……」

園田さんがほおに手をあてて、ためいきをついた。

「え？」ぼくは園田さんにむきなおった。

「あのときって？」

すると、園田さんはまじまじとぼくの顔を見つめていった。

「おぼえてないの？　人形屋敷にいったときのこと」

ぼくは、だまって首をふった。

園田さんの話によると、いまから五年前、たたら幼稚園のぱんだ組だったぼくたちは、さっきの慎之介やほかの友だちといっしょに、よく探検をして遊んでいたらしい。

探検といっても、だれかの家で日ごろはつかっていない仏間に入ったり、近所の空き家を外からのぞいたりするていどの、かわいらしいものだ。

それに、家の外で遊ぶときは、たいていだれかのお兄さんとかお姉さんがいっしょだったので、あぶない目にあうようなことはなかった。

ところが、卒園式の翌日。ぼくたちは親の目をぬすんで、はじめて自分たちだけで探検にでかけた。

いき先は、以前ぼくが住んでいたアパートの近所にある古い洋館で、みんなからは〈人形屋敷〉とよばれていた。

「人形がたくさんあったの？」

ぼくがきくと、

「噂だけどね」

園田さんはそういって笑った。

お屋敷の二階に大きな出窓があって、そこから何体もの人形が、家の前の道路をじっと見おろしていたらしい。

「だから、家の中にもいっぱい人形があるんじゃないかっていう噂があったんだけど……」

園田さんの話をきいているうちに、ぼくの頭にある映像がうかんできた。

白い柵でかこまれた、あれはてた庭。くすんだ壁に、赤茶色の屋根。てっぺんには風見鶏がくるくるとまわっている。

だけど、それが自分の記憶なのか、それとも園田さんの話をきいて、頭の中でそれらしい建物を想像しただけなのかはわからなかった。

「――もしかして、思いだしたの？」

園田さんが、ぼくの顔をのぞきこむ。ぼくはちょっと考えてから、あいまいに首をひねった。

「なにか思いだせそうな気もするんだけど……それで、人形屋敷の中に入ったの？」

「それが……わたしは入ってないの」

園田さんの話では、もともと三人とも中に入るつもりはなく、外から見るだけの予定だったらしい。

それはそうだろう。中に入ったら、不法侵入だ。

ところが、くわしい事情は園田さんもよくおぼえてないんだけど、ぼくと慎之介のふたりだけが、どういうわけか建物の中に入っていったのだ。

「それで、しばらくしたら慎くんだけがとびだしてきて、わたしの手をひっぱってにげだしたの。慎くんはそのまま帰っちゃったんだけど、わたしは浩介くんが気になって……」

アパートの前でしばらく待っていると、ぼくがひとりで歩いて帰ってきた。

「そのときの様子が、なんていうか……なにがあったのかきいても、ぼーっとしてるだけで……」

まるで、目をあけたままねぼけてるみたいだった、と園田さんはいった。

「それから、二、三日してから慎くんといっしょにアパートにきてみたら、もうひっこしたあとで……慎くんはいくらきいても教えてくれないし……」

結局、なにがあったのか、いまだにわからないのだそうだ。

話をきいているうちに、ぼくはだんだん不安になってきた。いったい、屋敷の中でなにがあったのだろう。

「いまからいってみる？」

園田さんの申し出に、少し考えてから、ぼくは首をふった。まだ心の準備ができていない。

「それじゃあ、今日はべつのところを案内するね」

園田さんはそういって、いきおいよく立ちあがった。


公園をあとにすると、ぼくたちは肩をならべて歩きながら、自分たちのことを話した。

園田さんは、お父さんとお母さんと弟の四人家族で、学校では新聞部に入っているのだそうだ。

「浩介くんは、前の学校でなにかやってたの？」

ぼくがミニバスをやっていたというと、園田さんは「ちょっと意外」と声をあげた。

「そう？」

「うん。だって、どっちかというと、家で本とか読んでそうなイメージだったから」

「多々良小って、ミニバスのチームはあるの？」

「うーん、どうだったかな……学校にはなかったかも。でも、地元のクラブチームがあるかもしれないから、こんど調べておいてあげるね」

そんな話をしているうちに、道は背の高いブロック塀にはさまれた、長い下り坂にさしかかった。

「この塀のむこうはお墓なんだよ」

園田さんが、右手のブロック塀をてのひらでたたきながら教えてくれる。

「こんなところにお墓があるの？」

ぼくはちょっとびっくりした。お墓というと、もっと町の外とか、山の中にあるイメージがあったのだ。

つまさき立ちをして、塀のむこうをのぞきこもうとしたぼくは、バランスをくずして、塀に手をついた。

「あぶない！」

園田さんが悲鳴をあげる。

「だいじょうぶ？」

「だいじょうぶ、だいじょうぶ」

ぼくは笑って手をふった。

「気をつけてね。この坂は二年坂といって、この坂でころんだ人は、二年後に死んでしまうっていわれてるから」

園田さんのせりふに、苦笑いをうかべていたぼくは、背すじがスッとつめたくなった。

「でも、どうして二年なの？」

ぼくがきくと、

「それがわからないの」

園田さんは首をかしげた。

「ころぶ人が多いから、注意するようにだれかがつくった噂が、そのまま坂の名前になったっていう説と、じっさいに坂でころんだ人が二年後に亡くなったから、そうよばれるようになったっていう説があるんだけど……現在、新聞部で調査中」

「へーえ……」

弱みをにぎられてるわけでもないのに、自主的に怪談を調査する人がいることが、ぼくには理解できなかった。

「園田さんは、どうしてそんなに怪談が好きなの？」

「どうしてっていわれると……」

園田さんは不意をつかれたように目を丸くすると、

「あんまりちゃんと考えたことなかったけど……でも、不思議なことって、楽しいと思わない？」

ほんとうに楽しそうな笑顔でそういった。

「そう？」

ぼくは眉をひそめた。まあ、たまに話をきいたりするぐらいなら、楽しいかもしれないけど……。

坂を無事にくだりきったぼくたちは、そのまま住宅街をぬけて、片側二車線の、ちょっと大きな交差点で足をとめた。

ふたりならんで信号待ちをしていると、

「この交差点、よく事故が起きるの。それも、車同士の衝突事故」

園田さんが、そんなことをいいだした。

「え？　そうなの？」

ぼくは首をのばして左右を見た。道はまっすぐだし、見通しも悪くなさそうだ。

「そんなにあぶない道には見えないけど……」

「それがね……」

園田さんは意味ありげにほほえんで、ぼくの耳もとでささやいた。

「事故が起きるのは、決まって夕方の四時四十四分なんだって」

「それって、ちょうどいまぐらいってこと？」

たしか、公園をでたのが四時半ぐらいだったはずだ。

「でも、夕方になると夕陽が赤信号に反射して、見えにくくなるから、事故が起きやすくなるってきいたことあるけど……」

「それは警察も考えたみたい」

園田さんはいきから車をながめながらいった。

「それで、四時四十四分に警察の車で、じっさいに走ってみたんだって。そしたら、原因がわかったの」

原因は、信号の故障だったらしい。

ちょうどその時間帯に、交差点の車道の信号が、数秒間、すべて青信号になっていたのだ。

両方青になれば、衝突するにきまっている。

「それじゃあ、信号を修理したら、事故はなくなったの？」

「そうなるはずだったんだけど……」

園田さんは眉をよせた。どういうわけか、それからも事故はつづいているのだそうだ。

「どうしてだろう……」

ぼくが腕をくむと、

「それがね……」

園田さんは声をひそめて、まじめな顔でいった。

「妖怪のしわざじゃないかっていう噂があるの」

「妖怪？」

「いたずら好きの妖怪が、青信号に化けて、事故を起こさせてるんだって」

「まさか」

いくらなんでも、妖怪が信号に化けるなんて——と思いながら、青に変わった信号に、ぼくが一歩足をふみだした瞬間、

「あぶない！」

腕をぐいっとひっぱられて、ぼくはうしろにのけぞった。

同時に、目の前をオートバイがクラクションをならしながら通りすぎていく。

「ね？　だから気をつけないといけないの」

園田さんの声をききながら前を見ると、正面の歩行者用信号も、横断歩道とまじわる車道側の信号も、どちらも青になっていた。

「これ……」

やっぱり故障してるんじゃ……といいかけて、ぼくは言葉をのみこんだ。

車道側の青信号が、ほんの一瞬、目玉の形になって、ぼくをじろりとにらんだような気がしたのだ。

交差点をぬけると、町なみは一気にさびしくなった。

まわりは田んぼにかこまれ、遠くの道をトラックが走りぬけていくのが見える。

田んぼの上を風がふいて、青々とした稲が波うつようにいっせいにゆれた。

しばらく歩くと、正面になだらかな石段とまっ赤な鳥居があらわれた。古くからある、地元では有名な神社らしい。

少し高台になっている神社を大きくまわりこんで、しばらく歩くと、前方にうっそうとした森が見えてきた。その手前には川がながれて、橋がかかっている。

園田さんは、橋の手前で足をとめると、くるりとこちらをふりかえっていった。

「この橋は、『見返り橋』ってよばれてるの」

ぼくは橋のそばまでいって、足もとを見おろした。

数メートル下をながれている川は、そんなにひろくも深くもないけど、ながれは急だった。

橋はコンクリート製のしっかりとしたもので、橋のむこうには森が、そして森のむこうには低い山がつらなっているのが見える。

「昔はとなりの猿部市にいくのに、この橋をわたって山をこえないといけなかったんだけど、いまはあっちの道ができたから、だれもつかわなくなっちゃったんだって」

園田さんはそういって、さっきトラックが走っていった道を指さした。

「だけど、どうして『見返り橋』ってよばれてるの？」

欄干にきざまれた橋の名前は、雨風にさらされてずいぶんけずれていたけど、「相田橋」という文字がかろうじて読めた。

二年坂と同じように、この橋にもなにかいいつたえがあるのだろうか。

「それがね……」

園田さんはなぜかうれしそうに口をひらいた。

「ひとりのときはだいじょうぶなんだけど、だれかといっしょに橋をわたってるときに、前の人がうしろをふりかえると、うしろの人が消えちゃうんだって」

園田さんの言葉に、ぼくはあらためて橋を見直した。長さは二十メートルぐらいだろうか。どこにでもあるような、ふつうの橋だ。

「どうする？　わたってみる？」

園田さんがいたずらっぽく笑ってぼくを見る。ぼくがうなずくと、

「それじゃあ、わたしから先にいくね」

園田さんはそういって、ぴょんと橋にとびのった。

そのままスイスイと歩きだす。

あわててあとを追いながら、もしいま園田さんがふりかえったら、ぼくはどうなるんだろうと思った。

うしろの人が消えるのも怖いけど、自分が消えるかもしれないというのは、怖いというより、なんだか不安で落ちつかなかった。

橋の反対側に到着すると、森の中に細い道が見えた。

園田さんによると、いちおうこの道はいまでも山をこえて、となりの市まで通じているらしい。

「それじゃあ、もどるよ」

また軽い足どりで橋をわたりだす園田さんに、ぼくは少し緊張しながらついていった。

そして、なにごともなく橋をわたりきって、ホッとした瞬間、

「ねえ」

うしろから声がして、ぼくは足をとめた。

ふりかえると、すぐ目の前に小さな女の子が立っていた。五、六歳ぐらいだろうか。ちょっと地味なゆかたみたいな服を着ている。

「どうしたの？」

さっきまで近くにだれもいなかったのに、おかしいなと思いながら、ぼくがしゃがんで声をかけると、

「お兄ちゃんに、ついてきちゃった」

女の子はまんまるな目で、はしゃぐようにいった。

「お兄ちゃん？」

「うん」

大きくうなずいてから、心配そうな顔で首をかしげる。

「どうしたの？　妹の顔をわすれちゃったの？　わたし、あかりだよ」

「あかり……？」

頭の上で、カラスが短くないた。帽子をかぶらずに歩いたせいか、なんだか頭がクラク

ラする。

「……ああ、なんだ。あかりじゃないか」

ぼくは笑って頭をかいた。

「ごめん、ごめん。急に現れるから、びっくりしたよ。ひとりできたのか？」

「うん」

「そうか。えらいな」

ぼくがあかりの頭をなでていると、

「あれ？　その子は？」

少し先を歩きかけていた園田さんが、もどってきた。

あかりが園田さんを見あげる。

「お兄ちゃんのお友だち？」

「え？　浩介くん、妹さんがいたの？」

園田さんが目を丸くする。

「うん、あかりっていうんだ」

「へーえ……あかりちゃんは、いまいくつ？」

ひざに手をついてきく園田さんに、

「七歳」

あかりはパーとチョキを顔の前につきだして答えた。

そのとき、頭上でまたカラスがないた。

「お兄ちゃん、帰ろ」

あかりがぼくの手を、ぎゅっとにぎる。ぼくはその手を、力をこめてにぎりかえした。

「そうだね。おうちに帰ろうか」


とちゅうで園田さんとわかれると、ぼくとあかりは手をつないだまま家に帰って、玄関で声をそろえた。

「ただいまー」

「お帰りなさい」

母さんがエプロンで手をふきながら顔をだす。

「もうすぐごはんが——」

そこで言葉をきって、とまどったような顔でぼくたちを見つめた。

「どうしたの？」

ぼくが声をかけると、母さんはハッと夢からさめたように笑った。

「あら、あかりもいっしょだったのね。今日はお父さん、早く帰ってこられそうだって」

「やったー」

あかりは両手をあげてよろこんだ。

ぼくたちがごはんを食べはじめてしばらくすると、父さんが帰ってきた。

「ただいまー」

リビングに入ってきた父さんは、入り口で足をとめて、まばたきをくりかえした。

「どうしたの？」

母さんが声をかける。

「え？　いや……あれ？」

しきりに首をひねる父さんに、

「おかえりなさい、パパ」

あかりがいすからおりて、とびついた。

「おっとっと……」

うしろによろけながらも、なんとかうけとめた父さんは、あかりの顔を見て、笑顔でだきあげた。

「ただいま、あかり。さあ、いっしょに食べようか」

「うん」

それからぼくたちは、家族四人でごはんを食べた。

あかりが、苦手なきゅうりを目をつぶって食べて、みんなからはくしゅが起きる。

ひさしぶりに、にぎやかな食卓だった。

その夜、ぼくは夢を見た。

夢(ゆめ)の中で、ぼくは小さなあかりの手をしっかりとにぎりしめて、長い長い橋の上を、どこまでも歩いていた。

「お兄ちゃん、起きて」

あかりにからだをゆさぶられて、ぼくは目をさました。窓(まど)からは、白いひざしがさしこんでいる。

「ママが、ごはんができたから、起こしてきなさいって」

「んー……わかった」

のびとあくびを同時にしながら、ベッドの上で起きあがると、あかりが窓の方を見て声をあげた。

「あ、ネコちゃん」

「え？」

からだをひねると、窓が細くあいて、あの黒ネコがちょこんと座(すわ)っていた。

黒ネコは、前足をひょいとあげて、ぼくを手まねきすると、ぴょんと外にとびおりた。

どうやらよびだしらしい。

ここはいちおう二階なんだけど――まあ、あのネコならだいじょうぶだろう。

「お兄ちゃん。いまのネコ、お友だち？」

あかりの言葉に、ぼくは首をひねった。

「お友だちというか……職場の先輩みたいなものかな」

「先輩？」

キョトンとするあかりの顔がおかしくて、ぼくは思わずふきだした。


朝ごはんを食べて、となりの家をたずねると、山岸さんはいつもの部屋で、まるでぼくたちを待ちかまえていたように腕をくんで座っていた。

「朝早くから、すまないね」

「いえ」

なんだか、いつもと雰囲気がちがうなと思いながら、ぼくは座ぶとんに腰をおろした。

「また調査ですか？」

「いや……」

山岸さんはむずかしい顔で、ぼくのうしろにちらっと目をやった。

「あ、すいません」

ぼくはからだをひいて、山岸さんに紹介した。

「妹のあかりです。今日は、どうしてもついてくるってきかなくて……」

「こんにちは」

あかりはきちんと正座したまま、元気よくあいさつをして、ぴょこんと頭をさげた。

そんなあかりを見ていると、ふつうは自然に笑顔になると思うんだけど、山岸さんは眉間のしわをいっそう深くして、しぶい顔でいった。

「ぼくにはきかないよ」

ぼくにはその言葉の意味はわからなかったけど、あかりはすごくいやそうな顔をして、山岸さんをにらみつけた。

「わたし、この人きらい」

「まあまあ……」

ぼくがなだめていると、

「浩介くん」

山岸さんは大きなためいきをついて、ぼくの名前を口にした。

「たしか、昨日は友だちに町を案内してもらうっていってたね。どこを案内してもらったんだい？」

「えっと、昨日はまず……」

ぼくは、公園の七不思議にはじまって、昨日園田さんに案内してもらった場所と、そこでしいれた怪談を、山岸さんに報告した。

「なるほどね」

山岸さんは話をきき終わると、立ちあがって、本だなから古ぼけたノートをとりだした。

そして、パラパラとめくってお目あてのページを見つけると、ぼくたちの前に座りなおして、

「昔々……まだ車もテレビもなく、人々の多くが農業や漁業で生計を立てていたころの話なんだけどね。

このあたりは気候にめぐまれていたので、さいわい深刻な不作や飢饉におそわれることはなかったけど、それでも当時はまずしい家も多く、おさない子どもが奉公にだされることもめずらしくなかったんだ……」

そんな前置きをしてから、語りはじめた。

『見返り橋』

ある家に、ひとりの女の子がいた。

その子の家には小さな畑しかなく、生活は苦しかったが、両親ははたらき者で、家族の仲はよく、女の子は幸せだった。

末っ子の彼女には、三人の兄とふたりの姉がいたが、中でも彼女は、二番目の兄のことが大好きで、おさないころからお兄ちゃんのおよめさんになるのだといってきかなかった。

当時、家をつぐ長男以外は、よその家にとつぐか、養子に入るか、町に奉公にでるのが一般的だった。

そのころの奉公というものは大変にきびしく、一度奉公にでたら、正月と親の死に目にしか家に帰れないといわれていた。

そして、数えで七つになった春、彼女もついに奉公にだされることになった。

当時、町にでるには、村はずれの橋をわたって、山をこえなければならなかった。

だから、町に奉公にでる者は、橋のむこう側まで親に送ってもらい、親は橋をわたって村にもどり、子どもはそのままむかえの者につれられて、山をこえていくというのが村のならわしになっていた。

そのとき、橋をもどる親が、子をおもってなんどもふりかえったことから、『見返り橋』とよばれるようになったといわれている。

出発の日がきまると、その子は無理をいって、二番目の兄に橋まで送ってもらった。

もしかしたら、引きとめてくれるかもしれない。いや、このままいっしょに山をこえて、町までついてきてくれるのではないか——女の子はひそかに、そんな期待をいだいていた。

しかし、兄は妹を橋のむこうまで送りとどけると、一度もふりかえることなく橋をもどり、村に帰っていった。

彼女はなんども兄の名前をよんだ。そして、兄のすがたが見えなくなると、泣きながら山をこえていった。

「——町についたその女の子は、しばらくしてはやり病にかかってしまい、一度も家に帰ることなく亡くなった。

それいらい、あの橋をむこう側からこちら側にわたるとき、声がきこえてふりかえると、橋の上に女の子が現れるらしい。

その女の子の名は〈あかり〉というそうだ」

話を終えて、山岸(やまぎし)さんはぼくの顔をのぞきこんだ。

「どう思う?」

「はあ」少し考えてから、ぼくは答えた。

「たぶん、そのお兄さんは、わざとふりかえらなかったんだと思います。これからひとりで生きていく妹に、へんな期待をいだかせないように……」

「そうじゃなくて……」

山岸さんは、この人にはめずらしく、いらだった様子で頭をガシガシとかいた。

「いいかい、浩介(こうすけ)くん。きみにはもともと、妹なんかいないんだ。きみはひとりっ子なんだよ」

ぼくはぼんやりと山岸さんの目を見つめた。この人は、いったいなにをいってるんだろう。ぼくにはちゃんと、あかりというかわいい妹がいるじゃないか。

ぼくはあかりをふりかえった。あかりは目を細めて、にこっと笑った。ぼくもつられて笑顔(えがお)になる。

「あのねえ……」

山岸さんはあかりにむかって、ひとことひとことたしかめるように話しかけた。

「きみが、どういうつもりでこの子にとりついてるのかは知らないけど、いくら霊媒体質とはいえ、この子もふつうの人間なんだ。このままだと、遠からずそっち側にいってしまうんだよ。それでもいいのかい？」

山岸さんの言葉に、

「いいの」

あかりがむじゃきにうなずいたとき、

「フギャーッ！」

山岸さんの肩に、とつぜん黒ネコがとびのって、からだ中の毛をさかだてた。

「きゃあっ！」

あかりが悲鳴をあげてとびあがる。

「だいじょうぶだよ。あれはさっきの……」

ぼくが安心させようとふりかえったときには、あかりのすがたはどこにもなかった。

「あかりが怖がって、にげちゃったじゃないですか」

ぼくは山岸さんに文句をいった。

「おかしいと思わないのかい？」

「なにがですか？」

「いくらおどろいたとはいえ、ふすまをあけることもなく、一瞬で部屋をでていくなんて、人間にできると思うかい？」

「あれ？」

ぼくは首をかしげた。たしかに、ふすまは閉まったままだ。

「まあ、でも、あかりはすばしっこい子ですから」

ぼくの答えをきいて、山岸さんといっしょに、なぜか黒ネコまで肩を落としてためいきをついた。

山岸さんは、そのまましばらく腕をくんでむずかしい顔で考えこんでいたけど、

「そうだ。あの子に連絡をとれないかな」

とつぜんそういって顔をあげた。

「あの子？」

「うん。ほら、きみの友だちで怪談好きの……」

「園田さんですか？」

ぼくがいうと、山岸さんはにっこり笑ってうなずいた。


「すまなかったね。とつぜんよびだしたりして」

「いいえ、全然」

園田さんは首をふって、本だなでうめつくされた部屋を、めずらしそうに見まわした。

山岸さんにたのまれて電話をかけると、さいわい園田さんは家にいた。

そこで、いまから山岸さんの家にこないかというと、以前から幽霊屋敷の住人に興味のあった園田さんは、ふたつ返事でやってきたのだ。

「思ったより、ふつうの人なんだね」

園田さんが、ぼくに顔をよせて耳もとでささやいた。

「だれが？」

「山岸さん」

ぼくは山岸さんを見た。たしかに、ぼくも初対面のときは、あんなお屋敷に住んでるわりには、意外とふつうの人だな、と思った記憶がある。

いまでは人かどうかすら怪しいと思ってるけど……。

「今日は、あかりちゃんはおうち？」

園田さんが、きょろきょろしながらぼくにたずねる。すると、

「じつは、その件できてもらったんだ」

山岸さんが、園田さんにむかって顔を近づけた。

「浩介くんに妹さんがいるっていうのは、いつ知ったのかな？」

「え？　だって、橋のところであかりちゃんが……」

「それより前に、浩介くんと家族の話をしたことは？」

「それより前……」

園田さんは、天井を見あげて記憶をさぐっていたけど、やがてハッとした様子で山岸さんを見た。

「わたしたち、橋にいくとちゅうで、おたがいの家族のことを話してたんです。うちには弟がいて、四人家族でとか……でも、浩介くん、そのときたしか、ひとりっ子っていってなかった？」

「まさか」

ぼくは笑って手と首を同時にふった。

「あかりがいるのに、そんなこと、いうわけないだろ」

「あれ？　でも、だったらわたし、どうしてあかりちゃんとあったとき、不思議に思わなかったんだろ……」

混乱した様子で頭をかかえる園田さんに、山岸さんがやさしく声をかけた。

「それが、彼女の力なんだよ」

「力？」

「うん。たぶん、もともと霊力の強い幽霊なんだ。だから、橋の上で声をかけたり、ぼんやりとすがたを見せたりすることぐらいは、前からできたと思うんだけど……。

今回は、彼女自身の力と、浩介くんの霊媒体質とが作用しあって、かなり強力に実体化したみたいだね」

　そこで山岸さんは、園田さんに『見返り橋』の話をきかせた。

「――そんな話があったんですね」

　話をききおわって、園田さんはためいきをついた。

「それじゃあ、あかりちゃんは……」

「お兄さんにふりかえってもらえなかった未練から、あの橋にとりついた幽霊だと思う。ただ……」

　山岸さんは言葉をきって、ぼくの顔を見た。

「浩介くんは、完全にとりこまれていて、いまは正常な判断ができない状態だろうね」

　園田さんも、心配そうにぼくを見ている。

　だけど、ぼくにはふたりの話していることが、まったく頭に入ってこなかった。

　ぼくがひとりっ子とか、あかりが幽霊とか、いったいなんの話をしているんだろう。

　にゃあ、という声にとなりを見ると、すぐそばで黒ネコが、心配そうにぼくを見あげていた。

ネコのくせに人間を心配するなんて、おかしなやつだな。

ぼくがぼんやりと、そんなことを考えている間も、ふたりは話をつづけていた。

「それじゃあ、あかりちゃんは、いまどこに……？」

「たぶん、橋じゃないかな。ぼくに見やぶられたことで、彼女の影響力も少し弱まってるだろうから、一時的にもとの場所にもどると思うんだ。ところで……」

山岸さんは、ぐっとひざを進めて園田さんにきいた。

「『だれかといっしょに橋をわたってるときにふりかえると、うしろの人がいなくなる』っていう話は、だれからきいたの？」

「お母さんです」

園田さんは、すぐに答えた。

「学校新聞で、町の七不思議をさがしてるっていったら、こんな話があるよって……」

「お母さんが、その話をだれからきいたかわかるかな？」

「きいたっていうか、お母さんがちょうどわたしぐらいのときに、学校ですごくはやってたっていってました。じっさいに女の子が消える事件があって、新聞にものったとかって……」

お母さんの年齢は？　という山岸さんの質問に、四十歳です、と園田さんが答えると、

「三十年前か……ということは、やっぱりあのときの……」

山岸さんはぶつぶつとつぶやきながら立ちあがり、本だなからぶあついノートをぬきだした。

「あの……それがどうかしたんですか？」

本だなの前でノートをめくる山岸さんに、園田さんが声をかける。

「うん……もともとは『女の子が現れる』はずだった見返り橋の怪談が、いつのまにか『人が消える』怪談になったのは、どうしてかなと思ってね……」

「そういえば、そうですね」

園田さんは口に手をあてた。

「どうしてなんだろ……」

「なにか、きっかけになったできごとがあるはずなんだ……ああ、これかな」

山岸さんはノートを広げて、ぼくたちの方にむけた。

「新聞の地方版にのった記事なんだけど……」

そこには、黄ばんでぼろぼろになった新聞記事がはりつけてあった。

日付は、いまからちょうど三十年前の夏。タイトルには〈真夏のミステリー　現代の座敷童子？〉とある。

記事は、こんな内容だった。

その年の最高気温を記録した、八月のある日の午後。神主さんが神社の境内でそうじをしていると、子どもたちがかけこんできた。

いっしょに遊んでいた女の子が、とつぜん消えたというのだ。

遊んでいたのが川のそばということもあって、もしかしたら川に流されたのではないかと、警察や消防団も出動するなど、あたりは一時、騒然となった。

しかし、事件は意外な展開を見せる。

子どもたちの話では、その女の子はその日にはじめてあった子で、橋の上で追いかけっこをしているうちに、いつのまにかそばにいたらしい。

昔の着物のような服を着た、低学年くらいの女の子だったんだけど、いっしょに遊んでいたら、こんどはとつぜん消えてしまった。

ところが、近くで農作業をしながら子どもたちを見ていた男性によると、そんな子どもははじめからいなかったというのだ。

結局、いくらさがしても女の子は発見されず、近所で行方不明になった子どももいなかったため、子どもたちのいたずらかかんちがいだろうということで、捜索は終了した。

その後、女の子が着物すがただったことから、子どもたちの間で「あれは座敷童子だったんじゃないか」という噂がながれ、その話をききつけた地元の新聞記者が、夏向きの話題として記事にしたのだった。

「このときの『女の子が消えた』っていうさわぎが、地元の人——とくに子どもたちの意識に強くやきつけられて、『女の子が現れる』はずの怪談が、『女の子が消える』怪談にすりかわったんだろうね。そこに『見返り橋』という橋の名前からの連想がくわわって、『橋の上でふりかえると人が消える』という怪談が完成したわけだ」

山岸さんの話をきいて、ぼくはちょっと感動した。怪談の成り立ちが、みごとに説明されていたからだ。

だけど、ふたりの表情はすぐれないままだった。

「それで……」

園田さんがぼくの顔をチラッと横目で見ていった。

「このままだと、どうなるんですか？」

「浩介くんの寿命は、遠からずつきるだろうね」

山岸さんはしぶい顔でいった。

「なにしろ、あかりちゃんが実体をたもったり、まわりの人に存在を認識させるために、そうとうの無理をしいられてるはずだから。いまはまだ半日程度だから、たいした影響はないだろうけど、これが何日もつづくと……」

「どうにかならないんですか？」

園田さんが泣きそうな顔でいう。山岸さんは「うーん」とうなって、

「いまの時点では、浩介くんがとりこまれてしまっているから、あまり強引なことはできないんだ。あかりちゃんが、自分から浩介くんへの執着をなくしてくれればいいんだけど……」

そういって、『見返り橋』がのっている古いノートをめくっていたけど、やがて「おや？」とつぶやいて手をとめた。そして、

「たしか、きみたちの同級生に、狭間慎之介くんっていう男の子がいたよね？」

といった。

「どうして知ってるんですか？」

園田さんが目を丸くする。

「そりゃあ知ってるよ。五年前、友だちを助けるために人形屋敷にのりこんだ、勇敢な子どもだからね」

山岸さんはにやりと笑っていった。

「今回も、彼に助けてもらおうか」


夕陽に長いかげをひきずりながら、神社の鳥居を通りすぎたところで、山岸さんはとつぜん足をとめた。

「このへんでいいかな」

「いったい、なにがはじまるんですか？」

ぼくはがまんしきれなくなってきいた。

園田さんが帰ったあと、いつものように資料の整理をてつだわされたぼくは、夕方になると、とつぜん、

「ほら、いくよ」

とひっぱりだされて、なんの説明もないままに、ここまでつれてこられたのだ。

「まあ、もうちょっと待って……ああ、きたきた」

山岸さんは、ぼくの背後にむかって手をふった。

ふりかえると、夕陽を受けてあかくそまった道を、園田さんと——

「え？」

ぼくは声をあげて、山岸さんの顔を見た。

「どういうことですか？」

園田さんのとなりを、慎くん——狭間慎之介がならんで歩いていたのだ。

慎之介はぼくたちの前で足をとめると、とまどった様子でぼくと山岸さんの顔に視線を往復させた。

山岸さんが、ほがらかな笑顔で近づく。

「やあ。きみが狭間慎之介くんかい？」

慎之介が、ギョッとしながらも小さくうなずいた。

「いい名前だね。その名前は、だれがつけてくれたんだい？」

「おじいちゃんがつけてくれたってきいてますけど……それがなにか？」

慎之介は不審げな目で山岸さんを見た。

山岸さんについては、ここにくるとちゅうで園田さんからある程度の説明をうけているだろうけど、じっさいに対面して、やっぱりとまどっているみたいだ。

「いや、ちょっと興味があってね」

山岸さんは肩をすくめて眉をあげた。

「ところで、きみは『見返り橋』の怪談をきいたことはあるかな？」

「橋の上でふりかえったら、人が消えるっていうやつですか？」

慎之介は、園田さんに目をやって答えた。

「ここにくるとちゅう、園田からききました。なんか、昔は女の子の幽霊がでてくる話だったのに、いつのまにか女の子が消える話に変わってたっていう……」

「そうなんだ。それで、ぜひきみにてつだってもらいたいことがあるんだよ」

「でも……ぼく、あんまりそういう話は好きじゃないんですけど……」

慎之介はかたい表情でそういうと、こんどはちらりとぼくを見た。

「人形屋敷で怖い目にあったから？」

山岸さんのせりふに、慎之介の顔がこわばった。山岸さんは笑って、

「だいじょうぶ。今回は、怖い思いはしないよ。保証する」

「いったい、なにをすればいいんですか？」

慎之介の目に、警戒の色がます。

「簡単な話だよ」

山岸さんは先に立って歩きだすと、ぼくたちが追いつくのを待って、前方を指さした。

「あの橋をわたって、むこう側にいる女の子を、こっちにつれてきてほしいんだ」

ぼくはハッとした。森の前に、あかりがひとりでぽつんと立っているのが見えたのだ。

きょりがあるせいか、それとも陽がくれてきたからか、どことなく存在感がうすい。

あかりはぼくに気づくと、表情を明るくして、大きく手をふった。

手をふりかえすぼくのとなりで、園田さんが目をこらして橋のむこうを見つめる。

「あれがあかりちゃん？　なんだかぼんやりしていて、よく見えないんだけど……」

「きみにははっきり見えるよね？　慎之介くん」

山岸さんが、慎之介の肩をたたいた。

慎之介は「はあ……」とうなずいて、

「あの女の子をつれてくればいいんですか？」

ときいた。

「うん。たのむよ」

背中をぽんとおされて、慎之介は橋にむかって歩きだした。

はじめはだれだろうという顔をしていたあかりが、慎之介が近づくにつれて、じょじょに目を大きく見ひらいていく。

そして、橋のむこうにたどりついたときには、あかりはぽかんとした顔で慎之介(しんのすけ)を見あげていた。

あかりがなにかつぶやいて、それをきいた慎之介が、なんだかよくわからないという顔でこちらを見る。

山岸(やまぎし)さんは、いいんだよというふうにうなずいて、こちらにおいでと手まねきをした。

慎之介はうなずきかえすと、あかりに手をのばして、なにかひとこと口にした。

あかりがパッと笑顔(えがお)になって、うれしそうに慎之介の手をつかむ。

慎之介があかりの手をひいて、ふたりが見返(みかえ)り橋(ばし)をもどってきた。

ふたりのかげが長くのびて、橋の上で重なりあう。

橋をわたりきったところで、慎之介がハッとうしろをふりかえると、そこにはだれもいなかった。

その足もとには、ただひとり分のかげだけが、夕陽(ゆうひ)をうけて長く……長く……

頭の奥(おく)の方から、ブーンと低くうなるような音がきこえてきて、ぼくは頭をかかえた。

「あれ？」

もどってきた慎之介に、園田さんが声をかける。

「あかりちゃんは？」

「それが、いつのまにかいなくなってたんだ」

ぼくは、しきりに首をひねっているふたりにきいた。

「あかりちゃんって、だれだっけ？」

園田さんがおどろいた顔でぼくを見る。

「だれって……おぼえてないの？」

「なにが？」

ききかえしながら、ぼくは一生懸命に記憶をさぐった。

ここはたしか神社の近くの——そうだ、見返り橋だ。

たしか、園田さんに町を案内してもらって……だけど、どうして山岸さんや慎之介までいるんだろう。

ぼくが混乱していると、

「あの……ぼくも、なにがなんだかわからないんですけど……」

慎之介が小さく手をあげて、山岸さんを見あげた。

「あの女の子は、だれだったんですか？　ぼくの顔を見て、いきなり『お兄ちゃん』って……」

「まあまあ」

山岸さんは両手を前にだして、慎之介をなだめた。そして、

「みんな落ち着いて。順番に説明するから」

そういうと、一冊のノートを手にして話しだした。

「まず、あの女の子のことだけど……どうやら、慎之介くんの遠い親戚のようなんだ」

「えっ？」

園田さんがおどろきの声をあげた。慎之介も、あっけにとられた顔をしている。

その様子を満足そうに見ながら、山岸さんはつづけた。

「ノートに話者――話をしてくれた人の記録がのこってたんだけど、『見返り橋』を語ってくれたのは、狭間庄之介さん――のちに婿入りして狭間の姓を名のるようになった、あかりちゃんの二番目のお兄さんだったんだ」

「それじゃあ……」

園田さんがぼうぜんとつぶやく。山岸さんはうなずいて、

「慎之介くんは、あかりちゃんのお兄さんの子孫にあたるんだよ」

「……そういえば、きいたことあります」

慎之介がぽつりとつぶやいた。

「狭間庄之介さん……たしか、ぼくのおじいさんのおじいさんぐらいだったと思うんですけど、まだ子どものころに、奉公先で妹が死んでしまって、それをずっとくやんでたって……」

「あのころは、おさなくして病気で亡くなる子どもが、少なくなかったからね」

山岸さんは腕をくんで、まるでその時代にじっさいに生きていた人のような、実感のこもった声でいった。

「彼女の心のこりは、お兄さんにふりむいてもらえなかったことだったんだ。だから、その血をひいている慎之介くんに手をひかれて、橋のこちら側にもどってくることができて、満足したんじゃないかな」

「それって、成仏したっていうことですか？」

園田さんがきくと、

「たぶんね」

山岸さんはたもとに手を入れて、橋を見つめた。

「少なくとも、さびしさのあまり、だれかにとりついて、その人の家に入りこむようなことはもうないと思うよ」

そういって、山岸さんはぼくを見た。

ぼくは、昨日から今日にかけてのできごとを思いだそうとした。

だけど、いまだに頭がぼんやりとしていて、まるで夢の中にいるみたいだった。

「――さっき、橋のむこうで、なんて声をかけたの？」

ぼくが慎之介にきくと、

「べつに」

慎之介はぶっきらぼうに答えた。

「山岸さんにいわれたとおり、いっただけだよ。『いっしょにいこう』って」

いっしょにいこう——あの子はそのひとことを、たったひとりで百年以上も待っていたのだ。

「さあ、帰ろうか」

山岸(やまぎし)さんのせりふに、ぼくたちは橋に背(せ)をむけて歩きだした。

そのとき、

(またね)

うしろから声がきこえたような気がして、ふりかえると、橋の上で女の子のかげが、長くのびた手をふっているのが見えた。

第四話　人形屋敷の呪い

夕陽にあかくてらされた道を、ぼくは重いからだをひきずるようにして歩いていた。

数歩先には山岸さんが、口笛でもきこえてきそうな軽い足どりで歩いている。

ぼくはその背中を、うらめしげににらんだ。

発端は、園田さんからきいた二年坂の怪談を、山岸さんに話したことだった。

それは早速調査にいこうと、ぼくを強引につれだした山岸さんは、二年坂のちょうどまん中あたりで、ぼくに足をひっかけて、はでにころばせたのだ。

「噂がほんとうだったらどうするんですか！」

まっ青になってつめよるぼくに、

「これは大変だ。いそいで二年坂の噂のなぞを解明しなければ」

山岸さんは棒読み口調でいって、ぼくを町はずれにある大きなお屋敷につれていった。
そこの先代のご主人が、じっさいに二年坂でころんだ、ちょうど二年後に亡くなっているというのだ。

いまのご主人は、まだ若い男の人だったんだけど、そのご主人の目の前で山岸さんは、先代の死がじつは二年坂の呪いに見せかけた殺人だったこと、そして、その犯人がいまのご主人であることを指摘した。

逆上した犯人――いまの主人は、近くにいたぼくを人質にすると、はなれにたてこもった。そして、やけくそになった犯人がぼくにおそいかかろうとした瞬間、山岸さんが窓からとびこんできて、間一髪で助けてくれたのだ。

「あぶないところだったね」

犯人が警察に連行されていくと、山岸さんはぼくにほほえみかけながらいった。

だけど、ぼくにはどうしても納得がいかなかった。

「山岸さん、わかってたんでしょ」

ぼくのさすような視線を、山岸さんはすずしい顔でうけながした。

「なにがだい？」

「あの男が二年前の犯人だったっていうことですよ」

「なにをいってるんだ。ぼくが浩介くんを、そんな危険な場所につれていくわけがないじゃないか」

山岸さんはおおげさな口調でいったけど、とても心がこもっているようには思えなかった。

だいたい、ぼくを二年坂でころばせて、すぐにあのお屋敷に向かったのだから、事前に下調べがすんでいたにきまっているのだ。

その上、二年坂の話は結局、殺人事件で怪談ではないということで、百物語には認定されなかったので、ぼくにとってはまったくのほねおりぞんだった。

「いったい、いつになったら百物語は完成するんですか？」

「そうだねえ。まあ、優秀な助手もできたことだし、あと二、三年もあれば……」

「ちょ、ちょっと待ってください」

ぼくはあわててさえぎった。

「ぼくがてつだうのは、夏休みの間だけの約束ですよ」

「あれ？　そうだっけ？」

とぼける山岸さんに、ぼくはきっぱりとうなずいた。

「そうです」

「でも、浩介くんも、この本が完成するところを見てみたいとは思わないかい？」

山岸さんはそういいながら、手品のように本をひょいっととりだして、てのひらにのせた。

「まあ、それはたしかに……」

うなずきかけて、すぐに首をふる。

「いやいや、そんな手にはのりませんよ。だいたい、山岸さんは……」

さらに文句をいおうとしたぼくは、山岸さんの顔を見て、言葉をのみこんだ。

山岸さんが、前方を見つめながら、いままで見たことのないような真剣な表情をしていたのだ。

ぼくは山岸さんの視線の先をおった。

もう少し歩くとぼくの家があって、さらにそのむこうに山岸さんの家がある。

その山岸さんの家の前に、黒い人かげがたたずんでいた。

いくら夕方とはいえ、この暑い季節に足もとまである黒いコートを着こんで、黒い帽子をかぶった、ずいぶんと背の高い男の人だ。

まるでかげのようなその人は、山岸さんに気づくと、軽く手をあげた。そして、山岸さんの手もとの本を見て、

「なんだ。まだそんなことをつづけていたのか」

そういって、からかうような笑みをうかべた。

「いいかげん、あきらめたらどうだ」

「うるさいな」

山岸さんは、ほんとうにうるさそうな顔をして、顔の前で手をふった。

黒い男は、さらになにかいおうと口をひらきかけたけど、ぼくの顔を見て表情を変えた。

「おや？　きみは……」

「今日はもう帰っていいよ。ごくろうさま」

山岸さんは、まるでぼくを黒い男からかくすように、からだをスッと前にだした。

「はあ……失礼します」

黒い男を横目に見ながら、門をおしあけて家に帰ると、台所の方からおいしそうなカレーのにおいがただよってきた。

「お帰り。今日はどこにいってきたの？」

ときいてくる母さんに、ちょっと町はずれで人質になってきましたともいえず、てきとうな返事でごまかすと、自分の部屋にあがってベッドにからだをなげだした。

そのまま目をとじたけど、さっきの黒い男のことが気になって、なんだかおちつかない。

あの男は、いったい何者なんだろう。山岸さんと、ずいぶんしたしそうだったし、ぼくのことも知っているみたいだ。

ベッドからからだを起こして窓をあけると、ちょうどあの男が、山岸さんとの話を終えて、門からはなれて歩きだすところだった。

ぼくは反射的に部屋をとびだすと、階段をかけおりた。

「どこへいくの？」

おどろく母さんに、

「すぐ帰るから」

そう返事をして、スニーカーをはいて家をでる。

門の前ですがたをさがすと、男は少しはなれたところにある、まがり角の手前で立ちどまって、空を見あげていた。

ぼくがそっと近づくと、男はまるで、ぼくが追いつくのを待っていたように、角をまがって歩きだした。まっ黒ないでたちで歩くそのすがたは、かげがそのまま起きあがって歩いているみたいだった。

かげ男は右田くんのふみきりをこえて、さらに歩きつづけた。

夕陽はいつのまにか山のむこうにかくれ、頭の上には紺色を水でうすめたような、暗くてあわい空が広がっている。

なんとなくあとをつけてきたけど、いったいどこまでいくんだろう——ぼくが不安になりはじめたとき、男はまた足をとめた。

なんとなく見おぼえのある風景だな、と思っていると、男は道をななめにそれて、ゆるやかな坂をのぼりはじめた。

そこはどうやら、山をきり開いてつくった住宅地のようで、道の右側には大きな家がならび、左側はガードレールの何メートルか下に家が建っている。

しばらく進むと、家がまばらになって、うす暗い森が近づいてきた。

その森の手前、坂道の一番上に、ひときわ大きな洋館が建っていた。

かげ男は横顔にフッと笑みをうかべると、そのまますいこまれるように、洋館の中へと入っていった。

ぼくは少し時間をあけてから、門に近づいた。

草木のおいしげる広い庭は、さびのうい

た白い柵といけがきにかこまれ、洋館の壁はくすんだ灰色をしている。

そして、二階の出窓からは、何体ものフランス人形がこちらをじっと見おろしていた。

（人形屋敷だ――）

ぼくの頭に、とつぜん五年前の光景がよみがえった。

当時、ぼくは坂の下にある二階建てのアパートに住んでいて、幼稚園を卒園すると同時に、ひっこしすることがきまっていた。

そこで、仲のよかった園田さんと慎之介の三人で、最後に大冒険をすることにしたのだ。

目的地は、坂の上の人形屋敷。

夜になると、建物の中を人形が歩いているとか、中に入るとつかまって人形にされてしまうとか、いろんな噂がある、近所では有名な心霊スポットだ。

そして、卒園式の翌日。ぼくたちはアパートの前に集合して、人形屋敷にむかった。

もちろん、敷地に入ったり、建物にしのびこんだりするつもりはない。門の前までいって、表札にタッチしてくるだけだったんだけど、それでも当時六歳のぼくたちにとっては大冒険だった。

ぼくたちは探検(たんけん)気分をだすために、出発した直後からからだを低くしたり、足をしのばせたりして、くすくす笑いあいながら坂をのぼっていった。そして……。

そこまで思いだしたところで、ぼくは頭をかかえた。

坂をのぼりだしたところまでは思いだせるんだけど、そこから先が、どうしても思いだせないのだ。

無理に思いだそうとすると、頭がキリキリといたみだす。

なにか、よっぽど怖(こわ)い目にあったのだろうか——

本格的(ほんかくてき)に暗くなってきた空を背(せ)にしてそびえたつ洋館を、ぼくはじっと見あげていた。


次の日。

めずらしく山岸(やまぎし)さんからなんの指示(しじ)もよびだしもなかったぼくは、何日かぶりに、部屋のかたづけをすることにした。

今日中に全部終わらせるつもりで、朝からとりかかったんだけど、ダンボールの中から古い教科書がでてきたり、すてたと思っていた漫画が見つかったりするたびに手がとまるので、お昼すぎになっても、たいしてすすんでいなかった。

それでもなんとか、段ボール箱をひとつ空っぽにしたぼくは、箱の底に茶色の封筒がのこっていることに気がついた。

ふつうの封筒よりもひとまわり大きくて、表にはぼくの名前がひらがなで書いてある。なんだろうと思ってあけてみると、中に入っていたのは、幼稚園の制服を着たぼくの写真だった。紺と深緑のチェックの短パンをはいたぼくが、園庭のすべり台の前で、笑顔でピースをしている。

そのとなりで、やっぱりピースをして笑っているのは、どうやら慎之介のようだ。

遠足や運動会の写真もあれば、園庭で遊んでいる写真もある。たぶん、幼稚園がとった写真を買いとって、そのまま忘れていたのだろう。

そういえば、自分ではあんまりよくおぼえてないんだけど、この間の見返り橋の件では、慎之介にあぶないところを助けてもらったらしい。なんでも、ぼくにとりついていた幽霊を、慎之介が成仏させてくれたとか……。

こんど会ったらお礼をいわなきゃな、と思っていると、ピンポーン、と玄関のチャイムがなった。

一階におりてインターホンの画面を確認したぼくは、思わず「え？」と声をあげた。

白黒の小さな画面にうつっているのは、手をふっている園田さんと、その園田さんに腕をつかまれて、すねたように横をむいている慎之介だったのだ。

「今日は、おうちの人はいないの？」

ぼくが麦茶の入ったグラスを手に部屋にもどると、園田さんが部屋を見まわしながらきいてきた。

「父さんは仕事で、母さんはそのてつだいなんだ」

ぼくはふたりの前にグラスを置きながら答えた。

父さんが店長をつとめるスーパーが、もうすぐ新装開店するんだけど、人手不足で準備が大変らしい。

そこで、もともと同じスーパーではたらいていた母さんが、臨時でてつだいにいっているのだ。

ぼくがそんな事情を説明している間も、慎之介はそわそわしていて、なんだかおちつかない。そんな様子を見かねたのか、園田さんが「ほら、慎之介」とひじでつっついた。

「早くいっちゃえば」

「あ、うん……」

慎之介はふてくされたようにうつむいていたけど、やがて上目づかいにぼくを見ながら、

「こないだは悪かったな」

ぼそりとした口調でそういった。

「え？」

ぼくがきょとんとしていると、慎之介はつづけて、

「ほら、おれの十メートル以内に近づくな、とかいっちゃって……」

「ああ……」

ぼくは笑って首をふった。

「もう気にしてないよ。それより、ぼくの方こそ、助けてくれてありがとう」

「え？」

「ぼくにとりついた幽霊を、成仏させてくれたんでしょ？」

ぼくがそういうと、こんどは慎之介がきょとんとした。

ぼくが山岸さんにきいていたのは、

〈凶悪な霊にとりつかれたぼくが、あの世につれていかれそうになったので、山岸さんが、じつは霊能力のつかい手である慎之介と協力して、なんとか成仏させた〉

という内容だったんだけど、ぼくがそういうと、ふたりはふくざつな表情で顔を見あわせて、それから真相を教えてくれた。

それによると、どうやら凶悪な霊がとりついたわけでも、慎之介に霊能力があるわけでもなく、なにより山岸さんは慎之介を橋までつれていっただけで、成仏させるのに、たいして活躍していなかった。

「また恩を売ろうとしたな……」

話をきき終えて、ぼくが顔をしかめていると、

「あのさあ……」

気になっていたことを口にして、すっきりしたのか、慎之介がリラックスした口調できいてきた。

「山岸さんって、いったい何者なんだ？」

「何者っていわれても……」

ぼくは首をひねった。山岸さんが何者なのか、ぼくの方が教えてもらいたいくらいだ。

「本人は、怪談収集家っていってるけど……」

「そんなの、仕事になるのかなぁ」

うたがわしそうな慎之介に、

「なるにきまってるじゃない」

園田さんは自信満々にいいきった。

「だって、怪談をテーマにした本とかアニメとかって、いっぱいあるでしょ？　きっと、そういうところに売りこんだりしてるんだよ」

（どうかなあ……）

ぼくは心の中でつぶやいた。山岸さんの場合、怪談を買うことはあっても、売ることはなさそうな気がする。

「まあ、でも、浩介が助手をやってるっていうのは、なんとなくわかるけどね」

慎之介が麦茶をのみながらいった。

「え？　そう？」

「だって、昔からよく、お化けが見えたとかいってたし」

「そうなの？」

ぼくがききかえすと、ふたりは同時にうなずいた。

慎之介の話によると、たとえば友だちの家に遊びにいって、だれもいない仏間に入ったりしたときも、部屋をでてからぼくだけが、

「おばあちゃんがにこにこ笑ってたね」

といったりしていたのだそうだ。

「あのころは、ほかのみんなも『おれも幽霊見た』とかいってたから、あんまり気にしなかったけど、いまから考えると、浩介の話だけ妙にリアルだったんだよなぁ」

慎之介はそういって、小さな声でつけたした。

「だから、五年前もとりつかれてただけだったのかも……」

「五年前？」

ぼくはききとがめた。そして、座りなおして、慎之介の顔を正面から見つめた。

「ねえ、慎之介くん」

「なんだよ」

慎之介がぎょっとして、からだをのけぞらせる。

「五年前、あのお屋敷でなにがあったの？」

「わたしもききたい」

園田さんが横から口をはさんだ。

「慎くん、あの話になると、すぐにだまっちゃうでしょ？　お屋敷の中で、なにを見たの？」

前と横から同時につめよられた慎之介は、ぼくの目をのぞきこんで、

「浩介、ほんっっっとうにおぼえてないのか？」

ときいてきた。そして、ぼくがうなずくのをたしかめると、大きくためいきをついてから

話しはじめた。

五年前。

はしゃぎながら坂をのぼっていたぼくたちは、人形屋敷が近づくにつれて口数が少なくなり、到着したときには、すっかりだまりこんでしまった。

ほかの家とはまったくちがう、その異様な雰囲気に圧倒されていたのだ。

慎之介と園田さんは、怖くなって帰ろうとした。

ところが、どういうわけかぼくだけが、勝手に門をあけて、ふらふらと敷地の中に入っていったらしいのだ。

「ぼくが？」

おどろいて言葉をはさむと、慎之介はうなずいて、

「『帰ろうよ』っていったんだけど、浩介は『よんでるから』っていって、そのまま家の中に入っていっちゃったんだ」

慎之介は、どうしようかとまよったすえに、園田さんに「待ってて」といいのこして、ぼくを追いかけた。

玄関を入ると、ぼくのすがたはすでになく、正面には階段が、その横には大きな両開きのドアが見えた。

慎之介がドアを開けると、部屋のまん中には大きなテーブルが置いてあった。そして、そのテーブルをぐるりとかこむように、青い目のフランス人形がかざられたたなが、壁にそっていくつもならべられていた。

その光景に、急に怖くなってきた慎之介が、部屋をでて園田さんのところにもどろうとしたとき——

「階段の方から、足音がきこえてきたんだ」

慎之介が顔をあげると、ぼくがゆっくりと階段をおりてくるところだった。

慎之介は声をかけようとして、言葉をうしなった。

「浩介のうしろから大量の人形が、まるで……浩介にしたがうみたいにおりてきたんだ」

そのときのことを思いだしたのか、慎之介はブルッとみぶるいをした。

こおりついたように、その場からうごけずにいる慎之介に、ぼくは階段のとちゅうで足をとめると、にやりと笑いかけた。

その瞬間、金しばりのとけた慎之介は、屋敷をとびだして、門の前で待っていた園田さんの手をつかむと、そのまま坂の下まで走ってにげた。

そのあとは、園田さんからきいたとおりだ。

「あのときは、浩介が人形をあやつってるみたいに見えて、すごく怖かったんだけど、この間のこともあるし、もしかしたら五年前も浩介の方が人形にあやつられてたのかもって……」

そういって、慎之介はじっとぼくを見た。ぼくにしてみれば、どっちもうれしくない。

「見まちがいってことはない？」

ぼくはきいてみた。

「置き場所がなくて、階段にならべてあった人形が、うごいたように見えただけとか……」

「でも、足音がきこえたんだ。それも、たくさんの小さな足音が、ザッザッザッ、ザッザッザッって……」

慎之介の話をききながら、ぼくはあることを考えていた。

それは、もしかしたらぼくの霊媒体質は、人形屋敷が原因かもしれない、ということだった。

山岸さんによれば、ぼくの霊媒体質は、この町とすごく相性がいいらしい。

そして、ぼくがこの町で体験した最初の強烈な霊体験が、(自分ではおぼえてないけど)人形屋敷のできごとなのだとしたら、あのお屋敷を調べることで、なにかわかるかもしれない。

ぼくが、人形屋敷を調べにいくべきかどうかまよっていると、

「いってみる?」

園田さんが、ぼくの心を読んだみたいにいって、ぼくの顔をのぞきこんだ。

「あんがい、ふつうの人がふつうに住んでるだけかもよ。山岸さんみたいに」

「あ、そういえば……」

山岸さんがふつうかどうかはともかく、昨日のことを思いだしたぼくは、黒づくめの男

がとなりをたずねてきたことや、その男が人形屋敷に入っていったこと、そして、どうやらぼくのことを知っているらしいことを話した。

「浩介くんのことを知ってるんだったら、たずねていってもだいじょうぶなんじゃない？」

園田さんの言葉に、ぼくは「うーん」とうなった。

たしかに、どうしてぼくのことを知ってるのかも気になるんだけど……。

「知り合いなら、山岸さんにいっしょにきてもらえば？」

慎之介の言葉に、ぼくはさらに深く首をひねった。

昨日の雰囲気を見るかぎり、顔見知りなのはまちがいないけど、仲がいいのかどうかは微妙なところだ。

さんざんまよった末、ぼくはいきおいをつけて立ちあがった。

「とりあえず、となりにいってみよう」

ところが、となりをたずねてみると、山岸さんはるすだった。

「ごめんなさいね。昨日からでかけてるの」

あいかわらずまっ黒なスーツに身をつつんだ秘書さんは、申し訳なさそうに眉をひそめた。

「どこにいかれたんですか？」

園田さんの問いに、秘書さんはほおに手をあてて答えた。

「東北の方なんだけど……いつ帰ってくるかわからないのよ。明日かもしれないし、来週かもしれないし、来月になるかもしれないし……」

どうしよう――ぼくは考えた。

自分たちだけで人形屋敷にいくというのは、たしかに不安もあるけど、今までのことを考えると、山岸さんがいる方が、ぼくの身に危険がおよぶ可能性が高いのだ。

なにしろ、山岸さんになにかきいたり、話をもちかけたりするたびに、ふみきりでひかれそうになったり、湖でおぼれかけたり、人質にされたりと、毎回命の危険にさらされている。

それなら、自分たちだけで様子を見にいって、あぶなそうになったら帰ってくるという方が安全かもしれない。

ぼくが、いまから人形屋敷にいってこようと思うというと、秘書さんは金色の方の目をスッと細めた。そして、

「ちょっと待ってて」

といいのこして家の中にすがたを消すと、すぐにもどってきて、紫色のお守り袋をぼくにさしだした。

「——なんですか?」

「安全のお守り。もし危険な目にあったら、これを思いっきりにぎりしめて」

「はあ……」

こういうときに、お守りってきくのかな、と思ったけど、せっかくなのですなおにうけとった。

「気をつけてね。わたしは彼に連絡をとってみるから」

にっこり笑う秘書さんにお礼をいって、ぼくたちは山岸邸をあとにした。

さっきまで、わたがしのような雲がながれていた水色の空は、いつのまにか灰色の雲におおわれて、なまぬるい風がからだ中にまとわりついてきた。

「あらためて見ると、やっぱり不気味だね」

風にみだれる髪をおさえながら、園田さんがいう。

「そうだね」

ぼくは門ごしに人形屋敷を見あげた。

庭の木々は風にざわめき、屋根の上の風見鶏は、こまのようにくるくるとまわっている。

なんだか、ホラー映画のオープニングみたいだ。

「ほんとに入るのかよ」

慎之介がわずかに声をふるわせながらいった。

「慎くん、怖いの？」

園田さんの言葉に、慎之介は口をとがらせた。

「そういうわけじゃないけど……」

「じゃあ、いくよ」

ぼくはふたりをふりかえると、呼吸をととのえて、表札の横のチャイムをおした。表札には、かすれた文字で〈祠堂〉と書いてあるのが読める。

家の中からチャイムのなる音がきこえたような気がしたけど、しばらく待っても、なんの返事もない。

ここも、るすかな、と思っていると、

「どうぞ」

インターホンから男の人の声がして、門が内側にギギギッとあいた。

ぼくたちは顔を見あわせると、身をよせあうようにして、敷地の中へ足をふみいれた。

庭はひどく荒れていて、何年も人の手が入っていないように見える。

腰まである雑草をかきわけて、重々しいドアをノックすると、ドアの横のインターホンから、また「どうぞ」と声がきこえた。

ぼくはスッと息をすいこむと、

「おじゃまします」

と声をかけながら、建物の中に入った。

玄関は、外のむし暑さがうそのように、ひんやりとしていた。

入ってすぐのところは広間になっていて、右手に両開きの大きなドアが見える。

正面には赤いカーペットのしかれた階段があって、おどり場で直角にまがり、そのまま二階のろう下につながっていた。

ぼくはぐるりと見まわしたけど、家の中はひっそりとしていて、人のいる気配はどこにもなかった。

ぼくは、「だれかいませんか」と声をかけながら、右手のドアをあけた。

部屋のまん中にはだ円形の大きなテーブルが置かれ、壁には人形のおさめられたたながならんでいる。

たぶん、ここが五年前に慎之介がのぞいた部屋だろう。

人形は、金髪に青い目のいわゆるフランス人形が多かったけど、よく見ると、アジア風の民族衣装を着た黒髪の人形や、タキシードを着た男の子の人形もあった。

園田さんは「かわいい」と目をかがやかせながら、人形を見てまわっている。

たしかに、ひとつひとつはかわいいかもしれないけど、これだけの数になると、かわい

いというよりもむしろ怖いな、と思っていると、

「いらっしゃい」

とつぜん人の声がして、ぼくたちはとびあがった。

ふりかえると、黒いコートに黒い帽子をかぶった背の高い男の人が、五、六十センチはありそうな大きなフランス人形を胸にだいて、部屋の入り口に立っていた。

「あの……勝手に入ってすいません」

ぼくがあわてて頭をさげると、

「人形を見にきたの？」

黒い男は低い声でいった。帽子を目深にかぶっているので、口もとしか見えない。

「はい」

園田さんがむじゃきにうなずく。

「すごくかわいいですね」

「だったら、もっとコレクションを見せてあげるよ。ついておいで」

黒い男はそういうと、返事も待たずに部屋をでていった。

もともと、お屋敷の秘密をさぐるためにやってきたのだから、ぼくたちにことわる理由はない。

あとについていくと、男は階段をのぼって、二階のつきあたりにある部屋に入った。

そこはどうやら客間のようで、部屋のまん中にはりっぱなソファーセットが、そして壁にはやっぱり人形のおさめられたたなが、ところせましとならんでいた。

庭のあれはてた様子とは全然ちがって、とてもきれいに整理されている。

まるで、博物館みたいだ。

男はぼくたちにソファーをすすめると、自分は窓辺に立ったままで口を開いた。

「ジュースでいいかな？」

同時に、部屋のどこからか、おぼんにコップを三つのせた日本人形が現れて、カタカタカタと音をたてながら近づいてきた。

どういうしくみになっているのか、人形はぼくたちの前でぴたりと止まると、おぼんをもったまま小さくおじぎをした。

「どうぞ」

男にいわれて、ジュースをうけとると、人形はくるりと方向を変えて、部屋のすみへとすがたを消した。

部屋中の人形がぼくたちを見ているみたいで、なんだかおちつかない。

ぼくたちがだまってグラスを口にはこんでいると、

「浩介くん」

男がぼくの名前をよんだ。

「ちょっと、ふたりだけで話をしたいんだけど、こっちの部屋にきてもらってもいいかな？」

そういって、部屋の奥にあるひとまわり小さなドアをしめす。どうやらつづき部屋があるようだ。

園田さんと慎之介の顔を見ると、ふたりとも不安そうな表情をしている。

「そんなに警戒しなくても、だいじょうぶだよ」

男は口だけで笑っていった。

「話をするだけだから……それに、きみもわたしにききたいことがあるんじゃないかな？」

そういって、また返事を待たずにドアのむこうへとすがたを消す。

ぼくはふたりとうなずきあうと、男を追って、つづき部屋に入った。

そして、目の前の光景に言葉をうしなった。

さっきの半分ほどの広さの部屋に、小さな窓がついていて、部屋の奥には作業机が置かれている。

そして、窓とドア以外の壁という壁には、たなが直接つくりつけられていて、かぞえきれないほどの人形たちが、ぎっしりとならべられていたのだ。

さっきの部屋が博物館の展示室だとすれば、こっちは博物館の地下にある倉庫兼修繕室といった雰囲気だ。

ぼくがドアの近くの木のいすに腰をおろすと、男は窓の前に置かれたロッキングチェアに座って、ギーコギーコと前後にゆらしながら話しはじめた。

「――昔、祠堂という名の腕のいい人形師がいた。人形師というのは、人形をつくったり修理したりする職人のことだ。

祠堂はどんな人形でもすばらしい作品をつくることができて、天才のよび声も高かった。

そんな彼には、ひとりのむすめがいた。

妻を早くに亡くした彼は、そのむすめをとてもかわいがっていたが、そのむすめもまた、若くして病で亡くなってしまった。

彼は悲しみのあまり、人形をつくるどころか、日々の生活もままならないありさまだった」

風が強くなってきたのか、窓ガラスがガタガタとゆれる。いすを大きくゆらしながら、男は話をつづけた。

「しかし、やがて彼は、悲しみを忘れるため、以前にもまして人形づくりに熱中した。研究のため、日本中、世界中からさまざまな人形を買い集め、みずからもすばらしい作品をどんどんつくりだした。

そんなある日、ひとりの実業家が、彼に人形づくりを依頼しにきた。亡くなった妻にそっくりの人形をつくってほしいというのだ。

彼は注文通り、まるで生きているような人形を作り、満足した実業家は大金をしはらった。

ある噂が広まりだしたのは、それからしばらくしてのことだった。

祠堂がつくった人形は、ほんとうに生きているというのだ。

夜になると、妻の人形が料理をつくり、食事をとりながらかたらいを楽しんでいるという噂を、その実業家はけしてみとめなかったが、評判は評判をよび、祠堂のもとにはつぎつぎと依頼がまいこんできた。

祠堂は、可能なかぎりそれに答え、人形をつくっては命をふきこんでいった。

依頼主は彼に大金をしはらい、彼はその金でまたあらたな人形をつくった。

そして、いつしかこの屋敷は、人形屋敷とよばれるようになった。

しかし——」

男の声が、少ししめった。

「人形とはちがい、人間には寿命がある。祠堂は死に、あとにはこの屋敷と大量の人形だけがのこった。

祠堂とのつきあいがもっとも長かったわたしがあとをついだが、わたしには彼のような才能はない。ふつうに人形をつくったり、修理をすることはできても、人形に命をふきこむことはできなかった。

このまま人形(にんぎょう)も屋敷(やしき)も、ゆっくりとくちていくしかないのだろうか——そう思っていたある日、屋敷に泥棒(どろぼう)が入った」

「泥棒？」

ぼくは思わず口をはさんだ。

「このお屋敷にですか？」

男はうなずいた。

「金目のものがあると思ったのか、人形をねらっていたのかはわからない。とにかく、わたしたちは泥棒をつかまえた。そして——」

生命力をいただいたのだ、と男はいった。

「殺したんですか？」

ぼくはふるえる声できいた。

「まさか」男は笑った。

「人間じゃあるまいし、そんなやばんなことはしないよ。ただ、命をちょっとわけてもらっただけさ」

ぼくは背すじがぞっとした。どんな方法をつかったのかはわからない。だけど、きっと人形に命をふきこむために、じっさいに生命力をうばったのだろうという気がしたのだ。

「その強盗は、それからどうなったんですか？」

「もちろん、帰ってもらったよ。もっとも、そのあとどうなったかはわからないけどね」

クックックッ、という笑い声に合わせて、いすが前後にゆれる。

「わたしたちは、この屋敷からでることはできない。だから、この屋敷に近づく者から、少しずついただくことにした。

うまい具合に、この屋敷はお化け屋敷とよばれているらしく、肝だめしにやってくる者はあとをたたなかった。おそるおそるのぞきにくる近所の子どもたち、夜中に車でのりつけて、どうどうと不法侵入する若者……。

しかし、ふつうの人間から生命力をうばうのには限界がある。

もっといい方法はないだろうかと考えていたとき――」

男は言葉をとめて、にやりと笑った。

「とても生命力の強い子どもが、門の前にやってきたのを感じたのだ」

ぼくは、ごくりとつばをのみこんだ。

「わたしたちは、その子どもを屋敷の中にさそいこんだ。五年前の話だ」

人形たちの無数の目が、まるで見はるようにぼくを見つめている。

ぼくはさっきから、男が〈わたしたち〉といっていることが、気になっていた。

「それで、どうなったんですか？」

「ざんねんながら、あと少しのところでじゃまが入って失敗したよ」

男の口もとがゆがみ、それからまた笑った。

「ところが、昨日になって黒づくめのかっこうをした、まるでかげのような男がやってきて、その子どもをつれてきてやろうか、ともちかけてきた。そいつは、この屋敷の住人のふりをして、その子どもをさそいこむから、おまえは自分のまねをしろといった。だからわたしは、口だけがうごくよう細工をしたマネキンに、黒いコートと黒い帽子を――」

ぼくはたまらず立ちあがった。

「あなたはだれなんですか！」

「わたしかい？」

いすがひときわ大きくゆれて、男の帽子がぽとりと落ちた。

帽子の下からあらわれたのは、鼻から上はなにもない、のっぺりとしたマネキンの顔だった。

ぼくがぼうぜんとしていると、ひざにのっていたフランス人形が、ぴょんと床にとびおりて、にやりと笑った。

「わたしは〈あとをつぐ者〉だよ」

同時に、たなの中の人形たちが、いっせいにケタケタと笑いだした。

ぼくは部屋をとびだそうとしたけど、それよりも一瞬早く、たなからなだれ落ちてきた人形たちがドアの前に立ちはだかった。

「この部屋の人形たちは、買い集められたほかの部屋の人形とはちがって、すべて祠堂の手によってつくられたものだからね。簡単に通ることはできないよ」

ぼくは人形たちとむかいあった。

無表情な目をした顔が、じっとぼくを見あげている。

そのとき、ぼくはふと、ここにくる前にもらったお守りのことを思いだした。

秘書さんはたしか、危険な目にあったら、これを思いきりにぎりしめろといっていたはずだ。

ぼくはポケットに手をつっこむと、手さぐりでお守りをつかんで、いのるような思いでにぎりしめた。

その間も、人形たちがじりじりとせまってくる。

そして、とうとう部屋のすみに追いつめられたそのとき——

ガッシャ———ンッ！

はげしい音とともに、窓ガラスがくだけちって、黒ネコが部屋の中にとびこんできた。

とつぜんのできごとに、人形たちが一瞬ひるむ。

そのすきをついて、ぼくはドアにむかって走った。

「フギャ———ッ！」

追いかけてこようとする人形たちを、黒ネコが毛をさかだてて、いかくする。

となりの部屋にとびこんだぼくは、ふたりに声をかけようとして、言葉をうしなった。

ふたりがたおれるように、テーブルにつっぷしていたのだ。

その足もとには、ジュースのコップがころがっている。

「心配いらないよ。ちょっとねむってもらってるだけだから」

フランス人形が笑みをうかべながら、こちらの部屋に入ってきた。

そのうしろから、祠堂のつくった人形たちがぞろぞろとついてくる。

黒ネコは、つづき部屋との間で、人形たちにかこまれて身うごきがとれなくなっていた。

ぼくはにげ場をさがして部屋を見まわした。

ドアの前には人形たちが立ちふさがっている。

ソファーのむこうには窓があるけど、ここは二階だし、なにより、ねむっているふたりをかかえてとびおりるなんてできるわけがない。

「ふたりは関係ないだろ」

ぼくが抗議の声をあげると、フランス人形は平然とこたえた。

「ふたりをおさえておけば、きみも協力してくれるだろ？」

ぼくはくちびるをかんだ。もとはといえば、五年前、ぼくが人形屋敷にさそいこまれたことがはじまりなのだ。

とにかく、ふたりをひきずってでもここからにげださないと——そう決心して、ぼくがテーブルに近づこうとしたそのとき、

コン、コン

ひどくまのびしたノックが、ドアからきこえてきた。

ぼくと人形たちが、いっせいにふりかえる。

無数の視線が注目する中、ゆっくりと開いたドアから顔をのぞかせたのは、山岸さんだった。

「うちの助手がおじゃましてませんか？」

「——またおまえか」

フランス人形が山岸さんをにらみながら、うなるような声をだした。

山岸(やまぎし)さんはそのせりふを無視(むし)すると、ぼくにむかって「お守りは?」ときいた。

「え?」

「お守りだよ。彼女(かのじょ)からうけとらなかった?」

「あ、はい」

ぼくがポケットから、にぎりつぶされてよれよれになったお守り袋(ぶくろ)をとりだすと、

「それ、発信機になってるんだ」

山岸さんはそういって、ぼくの手からお守りをひょいとつまみあげた。

「強くにぎったら、どこにいるかわかるようになってるんだよ」

「はあ……」

山岸さんの言葉に、ぼくはあっけにとられた。とても、そんな機械が入っているようには見えなかったけど……。

ぼくが首をひねっている間に、山岸さんはねむっているふたりのからだを両肩(りょうかた)にかかえあげて、ドアにむかった。

人形たちが、山岸さんのいく手をはばむように集まってくる。

そして、いまにもとびかかろうとした瞬間、

「やめろ」

低い声がひびいて、人形たちのうごきがピタッと止まった。

ふりかえると、フランス人形がさすような視線で、じっと山岸さんをにらんでいた。

だけど、山岸さんはまったく気にする様子もなく、ドアをあけてふりかえると、にっこり笑っていった。

「なにしてるんだい？　ほら、帰るよ」


「山岸さん、東北にいったんじゃなかったんですか？」

ぼくは助手席から、山岸さんの横顔に話しかけた。

後部座席では、黒ネコがからだをのばして、フワァと大きなあくびをしている。

園田さんと慎之介を、家まで送った帰り道だった。

人形屋敷を脱出して、門の前にとめてあった黄色い車にのりこんだ山岸さんは、まずね

むっているふたりの家へと車を走らせた。

そして、とつぜんの訪問におどろいている家の人に、

「遊んでいるうちにねてしまったので、送ってきました。つかれてるみたいなので、しばらくねかせてあげてください」

と言葉たくみにいいくるめて、ふたりをひきわたしてきたのだ。

「本物の怪談があるっていう話だったんだけどね……」

山岸さんは前をむいたまま、くやしそうに顔をしかめた。

「むこうについて、すぐに、だまされたことに気づいたんだ」

「だまされたって、だれがそんな……」

いいかけて、ぼくはハッとした。

頭の中に、山岸さんと門の前で立ち話をするかげ男のすがたがうかんだのだ。

山岸さんは苦笑いをうかべながらいった。

「どうやら、ぼくをこの町から遠ざけておいて、そのすきに浩介くんをあの屋敷におびきよせようとしたみたいだね」

いまから考えると、昨日の夕方も、ぼくがあとをつけているのを知っていて、人形屋敷に入るすがたをわざと見せたのだろう。〈山岸さんの知り合い〉が入っていくところを見ていなければ、ぼくも人形屋敷にいこうとは思わなかったかもしれない。

「あの人は、何者なんですか？」

「まあ……古い知り合いだよ。とても古い、ね」

山岸さんは眉間にしわをよせて答えた。そして、

「彼も、浩介くんの力に興味があるみたいだね」

といった。

「ぼくの力？」

そういえば、さっきの人形も、ぼくの生命力が強いとかいっていた。

「いったい、どういうことなんですか？」

「うーん……どうやら浩介くんは、潜在的な霊能力というか生命力というか、とにかくそういう力が、人より強いみたいなんだ」

山岸さんの話によると、人間の霊能力というのは、幽霊にとっては生命力みたいなもので、霊能力をたくさんもっている人間は、幽霊にねらわれるのだそうだ。

「でも、人間にとっては、霊能力と生命力はべつのものなんでしょ？　だったら、少しぐらいとられてもいいんじゃないですか？」

　ぼくがそういうと、

「それが、そういうわけにもいかないんだ」

　山岸さんはそういって、かぶりをふった。

「人間にとっての霊能力と生命力というのは、いってみれば底でつながっているふたつの池みたいなものでね。片方がへっていくと、もう片方にも影響がでてしまうんだよ」

　だから、うばわれないように、気をつけないといけないよ、と山岸さんはいった。

　たぶん、山岸さんがぼくを助手にしたのは、ぼくのその力をねらった幽霊たちが集まってくるのを期待してのことなのだろう。

　そういえば、あの人形は山岸さんを見て、「またおまえか」といっていた。

　もしかしたら、五年前にぼくを助けてくれたのも、山岸さんだったのかもしれない。

ぼくがそのことを、たしかめようかどうしようかとまよっていると、

「とにかく、あいつには気をつけた方がいいな」

山岸さんがぽつりといった。

「あいつって、かげ男ですか？」

ぼくの問いに、無言でうなずく。

車は右田くんのふみきりを、ゆっくりと通過した。

「あの人、山岸さんに『まだそんなことをつづけていたのか』っていってましたよね」

「百物語にとりかかってから、ずいぶんたつからね」

山岸さんはハンドルをきりながら、小さくためいきをついた。

どれくらいたつのかは、怖くてきけなかったので、かわりに前から気になっていたことをきくことにした。

「山岸さんは、あの本をなんのために完成させようとしてるんですか？」

山岸さんは、一瞬真剣な表情で遠くを見つめると、

「わけを話したら、完成するまでてつだってくれるかい？」

ぼくを見て、にやりと笑った。

ぼくはぐっと言葉につまった。

たしかに本の完成は見とどけたい気もするけど、それまでぼくのからだはもつのだろうか……。

本気でなやんでいる間に、車は山岸(やまぎし)さんの家の前にとまった。

「さあ、どうする?」

山岸さんが、にやにや笑いながら、じっとぼくを見つめている。

助けをもとめるように、うしろの座席(ざせき)をふりかえると、黒ネコがにっこり笑って、ニャアとないた。

次回予告
「怪談収集家　山岸良介の冒険（仮題）」
海水浴をしに、海の家にやってきた
浩介たちは、思いがけず「百物語」の
会に参加することになります。
そこに〝別件で〟やってきた山岸さ
んも加わり、またひと波乱……！
助手生活は、休みなしです。

緑川聖司（みどりかわ　せいじ）
『晴れた日は図書館へいこう』で第1回日本児童文学者協会長編児童文学新人賞佳作を受賞し、デビュー。作品に『プールにすむ河童の謎』（小峰書店）、『ついてくる怪談　黒い本』などの「本の怪談」シリーズ（全12巻）、「晴れた日は図書館へいこう」シリーズ、『福まねき寺にいらっしゃい』（以上ポプラ社）などがある。大阪府在住。

竹岡美穂（たけおか　みほ）
人気のフリーイラストレーター。おもな挿絵作品に「文学少女」シリーズ、「吸血鬼になったキミは永遠の愛をはじめる」シリーズ（ともにエンターブレイン）、緑川氏とのコンビでは「本の怪談」シリーズがある。埼玉県在住。

2015年12月　第1刷　　2017年10月　第3刷

ポプラポケット文庫077-13

怪談収集家 山岸良介の帰還

作　緑川聖司
絵　竹岡美穂
発行者　長谷川 均
発行所　株式会社ポプラ社
東京都新宿区大京町22-1　〒160-8565
振替　00140-3-149271
電話（編集）03-3357-2216
（営業）03-3357-2212
インターネットホームページ www.poplar.co.jp
印刷　岩城印刷株式会社
製本　大和製本株式会社
Designed by 荻窪裕司

ISBN978-4-591-14760-3　N.D.C.913　238p　18cm

みなさんとともに明るい未来を

一九七六年、ポプラ社は日本の未来ある少年少女のみなさんのしなやかな成長を希って、「ポプラ社文庫」を刊行しました。

二十世紀から二十一世紀へ――この世紀に亘る激動の三十年間に、ポプラ社文庫は、みなさんの圧倒的な支持をいただき、発行された本は、八五一点。刊行された本は、何と四千万冊に及びました。このことはみなさんが一生懸命本を読んでくださったという証左でもあります。

しかしこの三十年間に世界はもとよりみなさんをとりまく状況も一変しました。地球温暖化による環境破壊、大地震、大津波、それに悲しい戦争もありました。多くの若いみなさんのかけがえのない生命も無惨にうばわれました。そしていまだに続く、戦争や無差別テロ、病気や飢餓……、ほんとうに悲しいことばかりです。

でも決してあきらめてはいけないのです。誰もがさわやかに明るく生きられる社会を、世界をつくり得る、限りない知恵と勇気がみなさんにはあるのですから。

――若者が本を読まない国に未来はないと言います。

創立六十周年を迎えんとするこの年に、ポプラ社は新たに強力な執筆者と志を同じくするすべての関係者のご支援をいただき、「ポプラポケット文庫」を創刊いたします。

二〇〇五年十月

株式会社ポプラ社